Lynne Graham

Cautiva del griego

WITHDRAWN

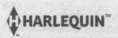

HARLEQUIN™

Editado por Harlequin Ibérica.
Una división de HarperCollins Ibérica, S.A.
Núñez de Balboa, 56
28001 Madrid

© 2007 Lynne Graham
© 2015 Harlequin Ibérica, una división de HarperCollins Ibérica, S.A.
Cautiva del griego, n.º 2395 - 17.6.15
Título original: The Greek Tycoon's Defiant Bride
Publicada originalmente por Mills & Boon®, Ltd., Londres.
Este título fue publicado originalmente en español en 2008

I.S.B.N.: 978-84-687-6145-9
Depósito legal: M-11742-2015
Impresión en CPI (Barcelona)
Fecha impresion para Argentina: 14.12.15
Distribuidor exclusivo para España: LOGISTA
Distribuidor para México: CODIPLYRSA
Distribuidores para Argentina: Interior, DGP, S.A. Alvarado 2118.
Cap. Fed./Buenos Aires y Gran Buenos Aires, VACCARO HNOS.

Capítulo 1

AL aparecer la limusina, una oleada de expectación recorrió los corrillos de personas trajeadas que se congregaban en las escaleras de la iglesia. Un momento antes se habían detenido allí mismo dos coches cargados de hombres corpulentos, con gafas oscuras y walkietalkies, que se habían desplegado para acordonar la zona. A una señal del equipo de seguridad, el chófer se acercó a la puerta del ocupante del vehículo y entonces los murmullos se acrecentaron y todos alzaron las cabezas con ojos llenos de curiosidad.

En cuanto Leonidas Pallis puso el pie en la acera se convirtió en centro de todas las miradas: Era un magnate griego de la cabeza a los pies. Medía un metro noventa, era increíblemente apuesto y llevaba con atractiva elegancia un abrigo de cachemira negro y un traje de diseño exclusivo, pero toda aquella sofisticación iba siempre acompañada de una gélida reserva y una indolencia que acababa por enervar a los demás. Nacido en el seno de una de las familias más ricas del mundo y de unos progenitores cuyo hedonismo era conocido, Leonidas se había granjeado desde muy temprana edad la reputación de vividor, pero nadie recordaba ningún Pallis que hubiese mostrado semejante capacidad para los negocios. Era archimillonario, el ídolo de oro del clan Pallis y tan temido como adulado.

Todos se preguntaban si acudiría al funeral. Después de todo, se acababan de cumplir dos años desde el accidente que había costado la vida a Imogen Stratton por conducir drogada. Aunque por entonces Imogen no salía con Leonidas, había mantenido con él una relación intermitente desde que él estaba en la universidad. La madre de Imogen, Hermione, se adelantó rápidamente para saludar al invitado más importante, ya que la presencia de Leonidas Pallis convertía aquel evento en todo un acontecimiento social. Pero el millonario griego redujo las cortesías a la mínima expresión porque los Stratton eran para él prácticamente unos desconocidos: ni los había tratado, ni había deseado hacerlo en vida de Imogen, ni le apetecían sus adulaciones.

Irónicamente, la única persona que él había esperado saludar en la iglesia, la única relación que conservaba del entorno familiar de los Stratton todavía no se había presentado: la prima de Imogen, Maribel Greenaway. Leonidas rechazó un asiento en el primer banco y escogió un lugar más discreto. Enseguida se preguntó qué hacía él allí, dado que Imogen detestaba aquellos convencionalismos. Ella disfrutaba enormemente de su fama como modelo y mujer díscola, solo vivía para ser observada y admirada y seguramente le habría gustado llamar mucho más la atención. Se había esforzado mucho por agradarle, pero su adicción a las drogas provocó que él dejase de interesarse por ella y acabase por sacarla de su vida. Asistir a su funeral le había provocado un conflicto interior con terribles secuelas. Pero el pasado, pasado estaba y, junto con el arrepentimiento, ambos constituían lugares jamás frecuentados por Leonidas.

Maribel aparcó con cuidado su viejo coche. Llegaba tarde y llevaba muchísima prisa. Rápidamente recolocó el retrovisor y, con un cepillo en una mano y una horquilla entre los dientes, intentó arreglarse el pelo. Aquel cabello castaño largo hasta los hombros, recién lavado y todavía húmedo, se mostraba rebelde, así que al ver que sus dedos impacientes acababan por romper la horquilla, estuvo a punto de echarse a llorar debido a la frustración. Soltó el cepillo e intentó alisarse frenéticamente el pelo mientras intentaba salir del coche. Desde el momento en que se levantó por la mañana, todo le había salido mal. O quizá la ristra interminable de desastres se remontaba a la noche anterior, cuando su tía Hermione la llamó para decirle con tono meloso que entendía perfectamente que le resultase demasiado duro asistir al funeral.

Maribel hizo una mueca de dolor y apretó los dientes al oírla, pero no le contestó. En los últimos dieciocho meses, sus parientes le habían dejado claro que, en cuanto a ellos concernía, era una persona non grata. Y aquello le había dolido, ya que seguía apreciando los nexos familiares que había dejado atrás. Aun así, entendía sus reservas, porque ella nunca había encajado en el molde de la familia Stratton y además se había saltado las normas de aceptación.

Su tía y su tío valoraban mucho la belleza, el dinero y el estatus social. Las apariencias eran tremendamente importantes para ellos y, sin embargo, desde que ella quedó huérfana a los once años, el hermano de su madre había ofrecido a su sobrina un hogar en el que crecer junto a sus tres hijos. En aquel ambiente en que las apariencias contaban tanto, ella había tenido que aprender a pasar desapercibida en casa de los Stratton, quedando siempre en segundo plano para que su falta de belleza, estatura o gracilidad no fuesen censuradas o causa de enfado. Aquellos años habrían sido muy tristes de no ser por la alegría innata de Imogen, y aunque Imogen y ella no tenían absolutamente nada en común, se sentía muy apegada a aquella prima tres años mayor que ella.

Esa era la razón por la que había decidido que nada detendría su necesidad sincera de asistir al funeral y rendirle un último homenaje. Nada, se recordó obstinadamente, ni siquiera la poderosa turbación que se había apoderado de ella, aquel desasosiego que la exasperaba. Habían pasado más de dos años. No tenía por qué seguir mostrándose tan sensible, ya que en él no había ni un ápice de sensibilidad.

Alzó la cabeza y sus ojos azul violeta adoptaron una actitud combativa. Tenía veintisiete años, se había doctorado y trabajaba como tutora en el departamento de Historia Antigua de la universidad. Era una persona inteligente, sensata y práctica. Le gustaban los hombres, pero solo como amigos o compañeros de trabajo, porque había llegado a la conclusión de que a menor distancia se convertían en algo demasiado complicado. Había logrado superar el terrible trauma y el sufrimiento que para ella había supuesto la repentina muerte de Imogen. Amaba la vida que llevaba, le gustaba mucho. ¿Por qué iba a importarle lo que él pensase? Seguramente ni siquiera había vuelto a acordarse de ella.

Con aquel estado de ánimo, subió las escaleras de la iglesia y se sentó en el primer asiento libre que encontró en la parte de atrás. Se concentró en la misa, sin mirar ni a izquierda ni a derecha, pero un escalofrío le recorrió la espalda erizándole el vello y sonrojándole las mejillas. Él estaba allí. No sabía cómo, pero tenía la certeza de que estaba allí, y no pudiendo contenerse más, alzó la vista y lo localizó varias filas más adelante al otro lado del pasillo. La altura y complexión de los Pallis era inconfundible, al igual que la postura arrogante de su cabeza y el hecho de que al menos tres mujeres tremendamente atractivas se las habían ingeniado para sentarse lo más cerca posible de él. Aquello le pareció gracioso. Era increíblemente guapo, absolutamente indomable y un afamado mujeriego capaz de cautivar al sexo opuesto hasta llevarlo por el mal camino. Sin duda las mujeres que lo rondaban no tardarían en intentar abordarle antes de que acabase la ceremonia.

De pronto, Leonidas se giró para buscarla y sus ojos brillantes y oscuros ejercieron sobre ella el mismo efecto que el impacto de una bala. No sabía si mirarle o esquivar su mirada. La había pillado desprevenida y mirando cuando ella habría dado cualquier cosa por aparentar ignorarlo por completo. Maribel se quedó helada. Como un pez colgando de un anzuelo, se sintió completamente atrapada. Haciendo acopio de autocontrol y entereza, lo saludó con una pequeña e inexpresiva inclinación de cabeza y volvió a concentrarse en el librito de ceremonias que le temblaba en las manos. Respiró hondo para tranquilizarse, luchando contra la corriente de recuerdos que amenazaban con desarmarla.

La rubia glamurosa que se deslizó por el banco a su lado llegó en el momento oportuno. Era Hanna, una chica que había trabajado en la misma agencia de modelos que Imogen. Obviando el hecho de que estaba hablando el sacerdote, Hanna se estuvo quejando largo y tendido del atasco que la había hecho retrasarse y luego sacó un espejito para arreglarse el peinado.

–¿Me vas a presentar a Leonidas Pallis? –le dijo Hanna en un aparte mientras se retocaba los labios–. Quiero decir, tú lo conoces de toda la vida.

Maribel siguió centrando su atención en la ceremonia. No podía creer que una vez más una mujer intentara utilizarla para conocer a Leonidas y rechazó rápidamente la idea de que alguien los considerase amigos en algún momento.

–Pero no de la forma que piensas.

–Ya, por entonces eras como la asistenta de Imogen o algo así, pero seguro que todavía se acuerda de ti. ¿Tienes idea de lo extraordinario que es eso? ¡Muy pocos pueden afirmar haber tenido algo que ver con Leonidas Pallis!

Maribel no contestó. Sentía un nudo de histeria en la garganta y ella no era una mujer dada a ese tipo de ataques. Resultaba irónico que solo pudiese pensar en Imogen, quien entregó su corazón a un hombre que nunca se preocupó por darle la estabilidad que tanto necesitaba. A veces le había resultado muy duro hacer la vista gorda, mantenerse al margen de la vida de su prima y presenciar cada uno de sus errores. Y descubrir que ella podía ser igual de estúpida había sido tan humillante que no estaba dispuesta a olvidar la lección.

Hanna, ignorando la indirecta de que lo suyo sería callarse, añadió:

–Creo que, si me lo presentases, parecería algo más casual que planeado.

¿Casual? Hanna llevaba un traje rosa chicle tan corto y ajustado que apenas podía sentarse y su tocado de plumas era tan exagerado que más bien hubiese sido apropiado para una boda.

–Por favor... por favor... por favor... En persona resulta tan tentador... –canturreó suplicante al oído de Maribel.

«Y un auténtico canalla», pensó Maribel, sorprendiéndose ante ese pensamiento suyo en una iglesia y en ocasión tan solemne. Se ruborizó avergonzada, apartando de su mente aquella reflexión tan tormentosa y amarga.

A Leonidas le divirtió el frío saludo de Maribel. Era la única mujer que jamás se había dejado impresionar por él y reconoció que aquel había sido un reto al que no había podido resistirse. Se entretuvo en observarla indolente con sus ojos oscuros apreciando cuánto había cambiado. Maribel estaba más delgada, lo que realzaba el volumen de su pecho y la curva voluptuosa de sus caderas. Su cabello se había vuelto cobrizo, iluminado por un rayo de luz que atravesaba las vidrieras, y realzaba su piel cremosa y el grosor de sus labios. No era una mujer hermosa, ni siquiera era guapa, pero por alguna razón siempre había logrado captar su atención; solo que esa vez comprendió por qué la observaba: le rodeaba el halo sensual y vibrante de un melocotón madurado al sol. Se preguntó si sería él quien había despertado en ella aquella feminidad consciente y, seguidamente, si podría volver a seducirla. Regodeándose en su contemplación y con aquellos planes en la cabeza, su deseo por ella alcanzó la fuerza de un volcán.

Al finalizar la ceremonia, Maribel sintió el deseo irrefrenable de abandonar la iglesia tan discretamente como había entrado en ella. Esa necesidad se tornó aún más perentoria cuando observó que su tía y sus primas hacían su aparición en el pasillo, dispuestas a interceptar a Leonidas antes de que pudiera marcharse. Por desgracia, Hanna le cortaba el paso.

–¿A qué viene tanta prisa? –siseó Hanna al ver que Maribel intentaba abrirse paso esquivándola–. Leonidas ha estado mirando hacia aquí y ya me ha visto. Es tan poco lo que te pido…

–Una chica tan guapa como tú no necesita presentación alguna –le susurró Maribel completamente desesperada.

Hanna se rio, componiéndose. Sacudiendo sus bucles dorados, salió pavoneándose al pasillo como un misil teledirigido listo a impactar en el blanco. Aprovechando que era unos centímetros más alta, Maribel se escondió tras ella para salir de allí como alma que lleva el diablo.

Aquello de evitar así a Leonidas estaba fatal, pero, ¿y qué? Consciente de que su tía no estaba dispuesta a reconocerla como miembro de la familia, Maribel sabía que era su obligación tratar de pasar desapercibida. Pero, con las prisas, tropezó con un fotógrafo que esperaba en la puerta y, preguntándose por qué balbuceaba una disculpa cuando era él quien la había avasallado, se frotó el hombro dolorido y se apresuró a regresar al aparcamiento.

Haciendo caso omiso de los numerosos intentos por captar su atención, Leonidas se encaminó al pórtico de la iglesia. Le extrañaba mucho el modo y la velocidad con que había huido su presa, porque Maribel era una persona que guardaba mucho las formas. Esperaba que ella, por educación, estuviese rondando por la puerta para hablar con él, pero ni siquiera se había detenido a saludar a los Stratton. Mientras su equipo de seguridad evitaba que los periodistas al acecho le sacaran fotos, vio como Maribel se dirigía a un pequeño coche rojo. Para ser una mujer menuda, se movía con bastante rapidez. Se preguntó si sería la única mujer en el mundo que le rehuía y, exasperado, hizo una inclinación de cabeza para convocar a Vasos, su jefe de seguridad, al que dio una orden concisa.

Hermione Stratton, seguida de cerca por sus dos hijas, irrumpió sin aliento a su lado y Leonidas le expresó cortésmente sus condolencias antes de murmurar con voz profunda:

—¿Por qué se ha ido Maribel tan deprisa?

—¿Maribel? —la mujer abrió los ojos sorprendida repitiendo su nombre como si nunca hubiese sabido de su sobrina.

—Seguramente se fue corriendo a cuidar de su hijo —opinó la más alta y rubia de las hermanas, no sin cierta sorna.

Aunque los rasgos bronceados de Leonidas no exteriorizaron ni un ápice de sorpresa, aquella afirmación irreflexiva le dejó totalmente asombrado. ¿Maribel tenía un hijo? ¿Un hijo? ¿Desde cuándo? ¿Y de quién?

Hermione Stratton frunció la boca en una estudiada mueca de aversión.

—Mucho me temo que es madre soltera.

—Y encima la abandonaron —dijo su hija, sonriendo ampliamente a Leonidas.

—Típico —dijo su hermana con una risita, con una mirada de embeleso en sus ojos azules—. ¡Una chica tan lista y va y comete el mayor de los errores!

Cinco minutos después de abandonar la iglesia, Maribel salió de la carretera para quitarse la chaqueta negra. Se sentía muy acalorada: los nervios siempre le provocaban aquella reacción. Involuntariamente, le asaltaba la imagen de Leonidas y la forma en que la había mirado en la iglesia. Era increíblemente guapo. ¿Qué esperaba? Él tenía solo treinta y un años. Durante un instante, se dejó llevar por sus sentimientos y se asió con tal fuerza al volante que los nudillos se le pusieron blancos. Entonces, lenta e intencionadamente, aflojó las manos. Se negó a admitir cualquier reacción emocional por su parte y se centró en enfadarse por su reflexión estúpida y trivial sobre la belleza de

Leonidas. Después de todo, ¿no había superado ya con creces aquellos pensamientos infantiles?

Su mente se rebeló, reavivando dolorosos pensamientos, pero decidió devolverlos literalmente a lo más recóndito de su cerebro. Cerró de un portazo el equivalente a una puerta de acero imaginaria ante reflexiones que removían sentimientos que no estaba dispuesta a desenterrar. Volvió a abrocharse el cinturón y se dispuso a recoger a su hijo.

Ginny Bell, la amiga que cuidaba del niño, vivía en una casita próxima a la suya. Era una viuda de unos cuarenta años, delgada, de melena corta, que había sido profesora y estaba preparando un curso de posgrado a media jornada. Cuando Maribel irrumpió por la puerta trasera, levantó la vista, sorprendida.

–¡Santo Dios, no te esperaba tan pronto!

Elias soltó su puzle y atravesó como un rayo la cocina para recibir a su madre. Era un niño encantador de dieciséis meses, con el pelo negro y rizado y los ojos marrones. La calidez y energía de su carácter se hizo evidente en su sonrisa y en la alegría con que correspondió al abrazo de su madre. Maribel se sumergió en el olor familiar que desprendía su piel, envuelta en una inmensa oleada de amor. Cuando nació Elias, comprendió plenamente la intensidad del cariño de una madre por sus hijos. Le había costado muchísimo reincorporarse al trabajo, aunque fuese a media jornada, porque había disfrutado mucho del año de baja maternal que solicitó para estar con él, así que nunca pasaba más de dos horas alejada de Elias sin echarlo de menos. El niño se había convertido en el centro de su vida.

Todavía asombrada por la rapidez con que Maribel había regresado, Ginny frunció el ceño:

–Creía que tus tíos habían organizado un bufé para después del funeral.

Maribel le resumió el contenido de la conversación que había mantenido con su tía la noche anterior.

–Pero por Dios, ¿cómo puede Hermione Stratton excluirte de esa forma? –exclamó Ginny defendiendo irritada a la joven porque, como amiga suya, sabía lo mucho que los Stratton le debían a Maribel, que había cuidado de Imogen mientras «la familia ejemplar» había eludido el comportamiento cada vez más escandaloso de su hija.

–Bueno, manché mi reputación al tener a Elias y no puedo decir que no se me advirtiera de las consecuencias –respondió Maribel con irónica resignación.

–Cuando tu tía te pidió que abortases porque consideraba tu embarazo una vergüenza a los ojos de la gente, traspasó el umbral de sus atribuciones. Ya le habías dicho que querías tener el niño y no eras ni mucho menos una adolescente irresponsable –recordó Ginny a la joven–. ¡Y en cuanto a que te sugiriese que no podrías sobrellevarlo, tengo que decir que eres la mejor madre que conozco!

Maribel la miró compungida.

–Supongo que mi tía me aconsejó de buena fe. Y para ser justos, cuando Hermione era joven, tener un hijo fuera del matrimonio era una desgracia.

–¿Por qué eres tan magnánima? ¡Esa mujer te trató siempre como a un pariente pobre en la época victoriana!

–No fue tan terrible. A mis tíos les costaba entender mis aspiraciones académicas –Maribel le quitó importancia con un ademán–. Yo era el bicho raro de la familia, era muy distinta a mis primos.

–Te presionaron mucho para que te ajustases a sus exigencias.

–Pero más a Imogen –declaró Maribel, pensando en su frágil prima, tan necesitada de aprobación y admiración que no había podido soportar equivocarse o que la rechazaran.

Elias se retorció para bajar del regazo de su madre e ir a investigar la llegada del cartero. Era un niño inquieto, rebosante de curiosidad por el mundo que le rodeaba. Mientras Ginny se iba a la puerta para recibir un paquete, Maribel recogió toda la parafernalia que conlleva trasladar a un niño de una casa a otra.

–¿No te quedas a tomar un café? –le preguntó Ginny a su vuelta.

–Lo siento, me encantaría, pero tengo mil cosas que hacer –se ruborizó un poco porque en realidad podía haberse quedado media hora más. Pero volver a ver a Leonidas la había alterado y ansiaba la seguridad que le proporcionaba estar en su propia casa. Tomó en brazos a Elias para llevarlo al coche, que estaba aparcado en la parte de atrás.

Su hijo era grande para su edad y cargar con él empezaba a costarle trabajo. Lo colocó en su asiento y él metió los brazos en las correas, en un arranque de independencia que ya le había costado más de un enfado con su madre.

–Elias, pórtate bien –le dijo con determinación.

Dejó caer el labio inferior, protestando al ver que ella se empeñaba en abrocharle el cinturón de seguridad. Quería hacerlo solo, pero su madre no estaba dispuesta a darle la oportunidad de aprender a usarlo a su antojo porque Elias había aprendido muy pronto a andar y era muy diestro a la hora de escaparse de las sillas, los cochecitos y los parques.

Maribel volvió a la carretera y redujo la velocidad para rebasar un coche plateado que estaba aparcado a un lado. No era un buen sitio para detenerse y le sorprendió que estuviese allí. Unos cien metros más adelante, tomó el sinuoso sendero flanqueado por árboles que llevaba a la que en otro tiempo fue la casa de sus padres. Había heredado aquella granja al morir su padre, pero estuvo alquilada durante muchos años y, al quedar libre la propiedad, todo el mundo esperaba que ella la vendiese e invirtiera ese dinero en un apartamento en la ciudad. Pero al descubrir que estaba embarazada, su vida se había puesto patas arriba. Tras ver de nuevo la casa en que durante tan breve periodo había disfrutado del amor y la atención de sus padres, empezó a pensar que para criar sola a un niño necesitaba cambiar su forma y ritmo de vida. Tenía que abandonar sus días de adicción al trabajo y hacer espacio en su apretada agenda para atender a las necesidades del bebé.

Ignorando los comentarios sobre lo vieja y aislada que estaba la casa, poco a poco la había ido acondicionando. La granja estaba en un valle apartado cercano tanto a Londres como a Oxford y ella pensaba que le ofrecía lo mejor de ambos mundos. El hecho de tener tan cerca a una amiga como Ginny había sido definitivo en su decisión antes incluso de que ella se ofreciera a ocuparse de Elias mientras estuviese en el trabajo.

–¡Mouse… Mouse… Mouse! –canturreó Elias, escurriéndose como una anguila y empujando la puerta en cuanto Maribel la abrió.

Mouse, que era un perro lobo extremadamente tímido, estaba escondido bajo la mesa como de costumbre. Cuando estuvo seguro de que Elias y Maribel venían solos, salió con dificultad de debajo de la mesa debido a su gran tamaño y recibió a su familia con bullicioso entusiasmo. El niño y el perro rodaron por el suelo y entonces Elias se levantó:

–¡Mouse… arriba! –le ordenó como si hubiese nacido para ello.

Durante una décima de segundo, un recuerdo paralizó a Maribel: Leonidas siete años antes, preguntándole cuándo pensaba recoger sus camisas, que estaban tiradas por el suelo. Había utilizado el mismo tono autoritario y expectante, pero no había tenido éxito alguno porque, aunque Leonidas resultaba intimidante, Maribel nunca se había mostrado tan ansiosa por agradar como Mouse. En seguida, le vino otra imagen: Leonidas tan desbordado e indignado ante la idea de que alguien sugiriese que no podía vivir sin sirvientes que había colocado una tetera eléctrica sobre el fuego.

El grito de dolor de su hijo sacó a Maribel de aquella ensoñación. Elias se había caído y se había golpeado la cabeza contra el frigorífico. El cansancio le hacía torpe. Maribel lo levantó en brazos y le frotó la cabeza con lástima. Empapado en lágrimas, la miró furioso con sus ojos marrones. Tenía un carácter y una voluntad fuertes como un volcán.

–Lo sé, lo sé –le susurró suavemente, acunándolo hasta tranquilizarlo y ver que cerraba los ojos.

Lo llevó escaleras arriba hasta la habitación luminosa y alegre que ella había decorado con mimo e ilusión. Le quitó los zapatos y la chaqueta y lo metió en la cuna con susurros tranquilizadores. Él se quedó dormido al instante, aunque ella sabía que no se mantendría por mucho tiempo en posición horizontal. Dormido parecía angelical y pacífico, pero despierto era imposible adjudicarle alguno de esos dos adjetivos. Lo contempló por unos minutos, buscándole sin querer un parecido que le impactaba enormemente porque ese mismo día había vuelto a ver a su padre. Se preguntó si su hijo era la única cosa decente que Leonidas Pallis había hecho jamás. Le costó mucho volver a controlar sus pensamientos.

Acompañada por Mouse, Maribel entró en la soleada habitación que utilizaba como estudio y se puso a corregir los trabajos que tenía pendientes. Pasado un tiempo, Mouse ladró y empezó a empujarle el brazo gimiendo ansioso, y diez segundos después de aquel aviso, oyó el sonido de un coche y empujó la silla hacia atrás. Al llegar al vestíbulo se dio cuenta de que venían además otros vehículos y frunció el ceño extrañada, porque no solía recibir muchas visitas y estas nunca venían en coche.

Miró por la ventana y se quedó paralizada por la consternación al ver que una reluciente limusina le tapaba la vista del jardín y el campo que se extendía ante ella. ¿Quién podía ser sino Leonidas Pallis? En seguida reaccionó y corrió al salón a recoger los juguetes que había tirados por la alfombra. Los guardó en la caja de los juguetes y empujó esta con la velocidad del rayo hasta esconderla detrás del sofá. El timbre sonó justo antes de que se incorporase. Se echó un vistazo en el espejo y al ver el miedo en sus ojos azules y su extrema palidez se frotó las mejillas para devolverles el color mientras el pánico la hacía pensar a toda velocidad. ¿Qué demonios hacía allí Leonidas? ¿Cómo había averiguado dónde vivía? ¿Y por qué razón querría saberlo? El timbre volvió a sonar, estridente y amenazante. Recordaba muy bien la impaciencia de los Pallis.

Empujada por un mal presentimiento, Maribel abrió la puerta.

–Sorpresa... sorpresa... –Leonidas arrastró suavemente las palabras.

Desconcertada por la suavidad de aquel saludo, Maribel se quedó inmóvil, reacción que él aprovechó para atravesar el umbral. Ella se volvió a mirarlo mientras su mano caía del pomo de la puerta. Por primera vez después de aquel pequeño vistazo en la iglesia, podía permitirse contemplarlo de cerca. Su traje y su abrigo eran de un corte impecable, y él los llevaba con una elegancia admirable. Su altura y complexión intimidaban por sí solas, pero para las mujeres eran sus facciones y la oscuridad de sus ojos bellos y profundos lo que causaba mayor impresión, a pesar de que esos ojos color ébano eran tan peligrosamente directos e hirientes como un rayo láser. Ella sintió como un pulso diminuto comenzaba a latir a toda velocidad en su garganta impidiéndole hablar.

–¿Qué fue de aquel desayuno? –susurró Leonidas con suave sorna.

Una oleada carmesí tiñó la palidez de Maribel en un contraste tan fuerte como el de la sangre sobre la nieve. Una sacudida le recorrió el cuerpo al comprobar que él había logrado derribar el muro de contención que ella había construido para que no afloraran los recuerdos de la noche del funeral de Imogen, justo dos años antes. Resistiéndose, apartó la mirada, avergonzada y tensa al no poder creer que él se hubiera atrevido a asestarle aquel golpe. Pero, ¿había algo que Leonidas no se atreviese a hacer? La última vez que se habían mirado a los ojos se habían encontrado mucho más cerca. Él la había despertado y le había dicho en un murmullo terriblemente frío y autoritario:

–Prepárame el desayuno mientras me ducho.

Al acordarse, sintió vértigo y se le revolvió estómago como si hubiese bajado demasiado rápido en un ascensor. Habría hecho cualquier cosa con tal de olvidar la burla cruel de aquella mañana. Para cuando él salió de la ducha, ella se había marchado. Había enterrado su error tan profundamente como había podido, sin confiárselo a nadie, y de hecho había decidido llevarse aquel secreto a la tumba. Se avergonzaba de todo lo que había pasado aquella noche y era muy consciente de que Leonidas no había sentido ni de lejos algo parecido a la vergüenza o la turbación. Le consternaba descubrir que incluso después de dos años sus barreras de protección seguían resultando irrisorias. Tanto que él todavía podía hacerle daño, pensó con abatimiento.

–Preferiría no hablar de eso –dijo Maribel fríamente volviendo a la realidad.

Irritado ante aquella respuesta tan remilgada, Leonidas abrió de golpe la puerta principal con mano autoritaria y entró en la casa. A Maribel no le había cambiado el gusto: si le hubiesen mostrado fotos del interior de aquella casa, enseguida se habría dado cuenta de que era la de ella. La habitación estaba llena de macetas, libros apilados y telas florales desvaídas. Nada parecía pegar con nada, pero aun así había conseguido otorgarle una sorprendente sensación de elegancia y estilo.

–¿Y de por qué saliste hoy corriendo de la iglesia? –preguntó Leonidas en un tono suave como la seda pero infinitamente más perturbador.

Sintiéndose atrapada, pero dispuesta a no reaccionar de forma exagerada, Maribel fijó la vista en su elegante corbata de seda gris.

–No salí corriendo, sencillamente llevaba prisa.

–Pero no te pega nada ignorar el ritual social de estos eventos –censuró Leonidas con suavidad–. Y además, experimenté otra novedad. Eres la única mujer que huye de mí.

–Quizá sea porque te conozco mejor que las demás –Maribel deseó taparse la boca horrorizada por dejar escapar aquella respuesta. Estaba furiosa consigo misma, porque con una única y estúpida frase había traicionado el miedo, la rabia, la amargura y el odio que habría preferido ocultarle.

Capítulo 2

A LEONIDAS no le hizo ninguna gracia aquella frase vengativa. Hizo saltar la ira que siempre llevaba escondida bajo su apariencia fría y calmada. Todas las mujeres hacían lo imposible por halagarle y siempre estaban pendientes de sus palabras, pero Maribel parecía decantarse por la mordacidad. No había olvidado aquella noche sorprendentemente agradable en que se había mostrado dulce en lugar de hiriente con él. Aquello le había gustado, y habría preferido encontrar en ella la misma actitud, ya que no soportaba que lo censurasen.

Sus ojos brillaron cautelosos bajo las tupidas pestañas.

–Es posible –reconoció Leonidas fríamente.

Hubo una larga pausa y Leonidas se tomó su tiempo para observarla, recorriéndola con la mirada con un descaro tan natural en él como su agresividad. Se detuvo un rato en sus inquietos ojos azul violeta, descendió hasta sus labios carnosos, que destacaban sobre la piel de melocotón, y finalmente fue bajando la vista hacia sus curvas. Para él resultaba una novedad saber que esa vez ella le abofetearía si se atreviese a tocarla. Después de todo, no sería la primera vez, y estuvo a punto de sonreír al acordarse: fue la primera y única vez que una mujer lo había rechazado.

Terriblemente consciente de aquella tasación descaradamente sexual e incapaz de soportarla por más tiempo, Maribel se sonrojó y le dijo bruscamente:

–¡Ya basta!

–¿Ya basta de qué? –gruñó Leonidas, tremendamente excitado a pesar de que su intuición le advertía que algo no iba bien. Al volver a mirarla a la cara, detectó su miedo y se preguntó por qué estaría tan asustada. Ella nunca se había mostrado así en su presencia, ni le había rehuido la mirada. Se sintió un poco decepcionado, incluso siendo consciente de que algo pasaba y preguntándose qué era.

–¡De mirarme así! –por primera vez en dos largos años, Maribel era plenamente consciente de su cuerpo y le enfurecía comprobar que él lograba afectarla con tanta facilidad.

Leonidas dejó escapar una risa tosca y masculina.

–Es normal que te mire.

–Pues no me gusta –dijo apretando los puños para refrenarse.

–Qué tozuda eres. ¿Y no vas a ofrecerme un café, o a pedirme que me quite el abrigo y tome asiento? –le reprochó.

Maribel se sentía como un pájaro en las garras de un gato juguetón y le respondió con voz entrecortada:

–No.

–¿Qué ha sido de tu cortesía? –sin que nadie se lo pidiese, se quitó el abrigo con una lentitud y gracilidad tan atractivas que ella no pudo evitar mirarle.

Maribel apartó de nuevo sus ojos culpables, apretando los dientes e intentando controlarse. Él le hacía perder la cordura. Todo con él se convertía en sexo. La hacía pensar y sentir cosas sin quererlo. Por mucho que se resistiese, un zumbido vergonzoso de conciencia física recorría todo su cuerpo. Siempre le provocaba aquella reacción, siempre. Leonidas había logrado que se sintiera culpable desde el primer momento.

Con resolución, Leonidas eliminó la distancia entre ambos y alzó la mano para levantarle la barbilla, forzando el contacto visual que ella tanto trataba de evitar.

–¿Es por el funeral? ¿Te ha afectado mucho?

Ahora estaba tan cerca que Maribel se echó a temblar. Se sentía desconcertada por la facilidad con que él la había tocado. No quería recordar aquella breve intimidad que había roto todas las barreras, ni el gusto de su boca o el olor evocador de su piel.

–No... estuvo bien recordarla –dijo bruscamente.

–Entonces, ¿qué problema hay? –sus ojos oscuros y atractivos asediaron los de ella, con un magnetismo al que pocos podían resistirse.

La garganta le dolía de tanta tensión.

–Hay uno –respondió con dificultad–. Y es que no te esperaba aquí.

–Normalmente soy bien recibido –murmuró Leonidas perezosamente. Su réplica no casaba con lo penetrante de su mirada.

Maribel luchaba por parecer tranquila, pero los dientes le castañetearon durante un segundo antes de recuperar el control.

–Es normal que me sorprenda verte aquí. Ha pasado mucho tiempo y me he mudado de casa –indicó, esforzándose por comportarse con normalidad y decir cosas que pareciesen normales–. ¿Mi tía te dio mi dirección?

–No, hice que te siguieran.

Maribel palideció ante aquella afirmación tan desenvuelta.

–Santo Dios, ¿y por qué hiciste algo así?

–¿Por curiosidad? ¿Porque no me gusta fiarme de la información que recibo de terceras personas? –Leonidas se encogió de hombros con indiferencia. Con el rabillo del ojo detectó un leve movimiento que le hizo fijar su atención bajo la mesa. En la esquina más alejada, un perro gris y peludo se acurrucaba hecho un ovillo para lograr que su enorme corpachón ocupase el menor espacio posible–. Dios, no me había dado cuenta de que había aquí un animal. ¿Qué es lo que le pasa?

Maribel aprovechó entusiasmada la distracción que había provocado el extraño comportamiento de Mouse.

–Le aterran las visitas y esconde la cabeza porque cree que así nadie lo ve, así que no dejes que crea lo contrario. Las tentativas amistosas le asustan.

–¿Sigues coleccionando casos perdidos? –bromeó Leonidas. Y al apartar la vista alcanzó a ver a través de la ventana una gallina picoteando el arriate que había delante de la casa–. ¿Crías gallinas aquí?

Su tono fue el de un miembro de la jet aterrorizado ante la vida rural de su amiga. Maribel apostaba a que Leonidas jamás había visto tan de cerca un ave de corral y, de no estar tan nerviosa, se habría echado a reír por la cara que había puesto. Golpeó la ventana para alejar a la gallina de sus plantas e, incapaz de tranquilizarse, decidió tratarlo como a cualquier otro visitante inesperado.

–Voy a preparar café –dijo, empujando la puerta de la cocina.

–No tengo sed. Dime qué has estado haciendo estos dos últimos años –la invitó amablemente.

Un escalofrío le recorrió la espalda antes de volverse a mirarle. Pensó que no podía saber de la existencia de Elias. ¿Cómo iba a sospecharlo siquiera? A menos que alguien hubiera dicho algo en el funeral. Pero, ¿para qué demonios iba alguien a hablar de ella o de su hijo? Para sus parientes ella no era más que una pazguata que llevaba una vida horrorosamente aburrida. Regañándose a sí misma por la paranoia que estaba a punto de apoderarse de ella, Maribel inclinó la cabeza.

–He estado convirtiendo este lugar en un hogar habitable. Necesitaba mucho trabajo y eso me ha mantenido ocupada.

Leonidas observó cómo entrelazaba las manos nerviosamente para luego separarlas. Cruzó los brazos y cambió de postura, revelando un estado de ansiedad que cualquier persona un poco observadora habría detectado de inmediato.

–He oído que tienes un hijo –dijo con toda tranquilidad, y todo el tiempo, mientras su nerviosísimo iba en aumento, se iba diciendo a sí mismo que debía estar equivocado y que sus sospechas eran ridículas y descabelladas.

–Sí, sí, así es. No pensaba que te interesase tanto la noticia –respondió Maribel intentando recobrarse, forzando una sonrisa y preguntándose cómo demonios se había enterado de que había sido madre–. Que yo recuerde, siempre has rechazado salir con chicas que tuvieran hijos.

Leonidas sería el primero en admitir que aquello era cierto: nunca había tenido el menor interés por los niños y le aburría e irritaba la adoración de los padres por su prole. A nadie que lo conociese se le habría ocurrido presentarle a su progenie.

–¿Quién te ha dicho que tenía un hijo? –preguntó Maribel un poco tensa.

–Los Stratton.

–Me sorprende que me mencionaran –Maribel intentaba mantener la voz clara mientras se preguntaba agobiada qué respondería si le preguntaba por la edad del niño. ¿Mentiría? ¿Podría mentir sobre algo así? Se encontraba en una situación que habría intentado evitar por todos los medios. No se veía capaz de mentir sobre algo tan serio sin que le remordiese la conciencia–. ¿Te contaron la versión de la chica abandonada? –preguntó.

Una sonrisa divertida asomó a la boca bellamente perfilada del magnate griego:

–Sí.

–Pues no fue así –dijo Maribel, intentando no mirarle, porque cuando sonreía se desvanecía la frialdad de su rostro y la enigmática y adusta cautela que mantenía en guardia a los demás.

De pronto, a Leonidas no le gustó la idea de que ella se hubiese acostado con otro y aquello dejó de parecerle divertido, sorprendiéndose al mismo tiempo de aquel ataque de celos tan contrario a su forma de ser. Sus aventuras siempre habían sido ocasionales, exentas de sentimentalismo, pero ellos ya hacía tiempo que se conocían cuando él se convirtió en su primer amante. Pensó que quizá fuese algo inevitable.

–¿Qué pasó? –se oyó preguntar. Él no solía hacer nunca ese tipo de preguntas, pero estaba decidido a satisfacer su curiosidad.

A Maribel le desconcertó aquella pregunta y agitó las manos, nerviosa. Cada vez se sentía más tensa.

–No fue algo tan complicado. Supe que estaba embarazada y decidí tener el niño.

Leonidas se preguntó por qué no mencionaba al padre. ¿Sería otra aventura de una noche? ¿Había decidido que aquello le gustaba después de la que ambos habían compartido? ¿La conocía en realidad? Él habría jurado que Maribel Greenaway era una de las pocas mujeres que quedaban que nunca se inclinarían por la promiscuidad ni por la maternidad siendo soltera. Era una persona conservadora: trabajaba de voluntaria haciendo obras de caridad, era discreta en el vestir. Frunciendo el ceño, apenas entrevió la cocina a través de la puerta, pero el recorrido de su mirada se detuvo abruptamente y volvió atrás para fijarse en unas letras magnéticas de colores que adornaban la puerta de la nevera formando un nombre que le resultaba familiar. No podía dar crédito a lo que veían sus ojos.

–¿Cómo se llama tu hijo? –murmuró Leonidas con voz pastosa.

Maribel se puso rígida.

–¿A qué viene esa pregunta?

–¿Y por qué evitas responderme?

Un frío nudo le retorció el estómago. No era algo que ella pudiese ocultar ni algo sobre lo que pudiese mentir, porque todo el mundo sabía el nombre de su hijo.

–Elias –dijo casi en un susurro, quedándose sin voz en el peor momento posible.

Era el nombre del abuelo de Leonidas, nombre que él también llevaba, y ella lo había pronunciado tal y como se pronunciaba en griego. Leonidas quedó tan impactado que fue incapaz de pronunciar palabra. No podía aceptar que lo que solo había sido una inocente y estúpida sospecha pudiese convertirse en algo cierto.

–Siempre me gustó ese nombre –le dijo Maribel en un intento desesperado por encubrir la verdad.

–Elias es un nombre Pallis. Mi abuelo llevaba ese nombre, y yo también –sus ojos oscuros se posaron en ella con frialdad–. ¿Por qué lo escogiste?

Maribel sintió como si una mano de hielo le apretara las cuerdas vocales y el pecho impidiéndole respirar.

–Porque me gustaba –volvió a repetir, porque no se le ocurría otra respuesta.

Leonidas se apartó de ella y apretó frustrado los puños. No tenía tiempo para juegos ni misterios no concebidos por él. Su accidentada vida le había enseñado muchas cosas, pero había obviado la paciencia. Se negó a creer lo que su cabeza intentaba decirle. No practicaba el sexo sin protección. A pesar de correr muchos riesgos en los negocios, el deporte o en muchos otros aspectos, en este era especialmente precavido. No deseaba tener hijos, nunca los quiso, y por supuesto no se arriesgaría a ofrecerle a una mujer la oportunidad de chantajearle. ¿Por qué si no tendría alguien un hijo de un hombre tan rico como él? Era una responsabilidad y una complicación que no necesitaba y siempre pensó que era demasiado listo como para cometer tal error, pero era consciente de que la noche del funeral de Imogen se había sentido extraño y había abandonado la prudencia. Más de una vez.

Maribel contempló a Leonidas con renuente perspicacia. La tensión se había apoderado de su cuerpo. Estaba estupefacto y horrorizado, y ella lo entendía perfectamente. No lo culpaba por no ser precavido y dejarla embarazada y, aunque no pensaba igual cuando descubrió que estaba en estado, el paso del tiempo había cambiado su forma de ver las cosas. Después de todo, Elias había enriquecido su vida hasta extremos indescriptibles y era incapaz de arrepentirse de su concepción.

–Dejémoslo estar –murmuró ella suavemente.

Esta sugerencia indignó a Leonidas. ¿Cómo una mujer tan lista podía decir semejante tontería? ¿Sería posible que hubiera dado a luz a su hijo sin decirle siquiera que se había quedado embarazada? ¿Era aquello posible? Su lógica le impedía aceptar que ella pudiese hacer algo así, porque era una mujer muy tradicional. Pero entonces, ¿por qué otra razón le pondría al niño Elias? ¿Y por qué estaba tan nerviosa? ¿Por qué intentaba evitar hablar siquiera del tema?

–¿El niño es mío? –preguntó Leonidas con aspereza.

El color huyó de su rostro, y con él la fuerza de su voz.

–Es mío. Y no tengo nada más que añadir.

–No seas estúpida. Te he hecho una pregunta muy clara y quiero una respuesta muy clara. ¿Cuántos años tiene?

–No estoy preparada para hablar contigo sobre Elias –con la boca seca y el corazón tan acelerado que sentía náuseas, Maribel enderezó la espalda–. No tenemos nada que hablar. Lo siento, pero preferiría que te marcharas.

Leonidas no daba crédito a sus palabras. Nadie le había hablado de ese modo jamás.

–¿Te has vuelto loca? –le dijo en voz baja y cortante–. ¿Crees que puedes soltarme esta bomba y decir que me marche sin más?

–Yo no te he soltado nada. Tú has llegado a tus propias conclusiones sin mi ayuda. No quiero discutir contigo –sus ojos se tornaron color violeta, en una extraña mezcla de desafío y súplica.

–Pero si mis conclusiones no hubiesen sido acertadas, me habrías corregido –razonó Leonidas con mordacidad–, y como no lo has hecho, lo único que puedo asumir es que crees que Elias es hijo mío.

–Es mío –Maribel se agarró con fuerza las manos para evitar que temblaran–. Supongo que no me aceptarás un consejo, pero te lo voy a dar de todas formas: por favor, utiliza ante todo la calma y la lógica.

–¿Calma? ¿Lógica? –gruñó Leonidas, ofendido por la elección de aquellas palabras.

–Elias es un niño sano, feliz y seguro. Nada le falta. No hay razón por la que debas preocuparte o involucrarte en nuestras vidas –le dijo Maribel con firmeza, pretendiendo que comprendiese y aceptase la situación.

Leonidas empezó a sentir una rabia ciega que no había

experimentado desde la muerte de su hermana cuando él tenía dieciséis años. ¿Cómo se atrevía a excluirle de la vida de su hijo? Elias era sin duda hijo suyo. Si no fuera así, Maribel lo habría dicho. Pero el desconcierto le hizo retener la respuesta agresiva que estaba dispuesto a pronunciar. ¿Por qué intentaba librarse de él si Elias era su hijo? ¿Qué sentido tenía aquello?

–¿Diste por hecho que yo no querría saber nada? ¿Es esa la razón de este sinsentido? –Leonidas la miró desafiante y lleno de ira–. ¿Crees saber cómo me sentiría si tuviese un hijo? No lo sabes. ¡Ni siquiera lo sé yo después del modo en que me enterado de esta noticia!

La atmósfera se tornó tensa.

–¿Cuándo nació? –preguntó Leonidas.

A ella le dolían el cuello y los hombros por la rigidez de su postura. La legendaria fuerza de voluntad de los Pallis arremetía contra ella a través de la fiereza con que él la miraba. Ella nunca había sido más consciente de la vehemencia de su carácter y se le ocurrió que decirle unos datos inofensivos podría calmarle. Le dio la fecha.

El silencio se hizo eterno. En aquellas circunstancias y con aquella fecha, Leonidas supo de inmediato que era imposible que el hijo fuese de otro.

–Quiero verlo.

Maribel palideció y sacudió la cabeza negando drásticamente mientras su cabello castaño se agitaba brillante alrededor de sus mejillas.

–No. No lo voy a permitir.

–¿Que no vas a permitir qué? –dijo Leonidas sin dar crédito a lo que oía.

Maribel deseó haberle dicho aquello de un modo más diplomático. Por desgracia, no había precedentes de los que tomar ejemplo, porque nadie jamás le había dicho que no a Leonidas Pallis. «No» era una palabra que él no estaba acostumbrado a oír o que supiera cómo aceptar. Desde su nacimiento tuvo todo lo que quiso o pidió a pesar de no tener cubiertas otras necesidades mucho más importantes para un niño. Pero había sobrevivido obviando los sentimientos, y había salido adelante sin ellos. Ahora, cuando deseaba algo, sencillamente lo conseguía y la gente sensata no se interponía en su camino. Cuando alguien lo contrariaba, podía ser tan implacable como solo puede serlo una persona con enorme personalidad. Ella sabía que él se había tomado su rechazo como algo profundamente ofensivo y fue consciente de lo lamentable de la situación.

–No lo permitiré –susurró excusándose, inmóvil y rígida como una estatua, resistiéndose a toda intimidación.

Pero Leonidas ya había pasado por su lado y había recogido una foto que descansaba en la mesa.

–¿Es él? –dijo bajando la voz, contemplando desconcertado la imagen de aquel niño sonriente con un camión de juguete.

Ella se dijo a sí misma que aquello era producto de simple curiosidad, y luchó por controlar el pánico.

–Sí –respondió a regañadientes.

Leonidas contempló la foto con enorme intensidad. Estudió la piel aceitunada del niño, su pelo negro y rizado y sus ojos oscuros. Aunque jamás había mostrado el más mínimo interés por un niño y no podía compararlo con ningún otro, pensó que Elias era sin duda alguna el niño más guapo que había visto en su vida. Desde las cejas hasta la barbilla menuda y resuelta, rezumaba los genes de los Pallis.

–Leonidas, márchate, por favor –le urgió Maribel, violenta–. No conviertas esto en una batalla entre los dos. Elias es un niño feliz.

–No hay duda de que es un Pallis –dijo Leonidas perplejo, con un acento griego más marcado que de costumbre.

–No, es un Greenaway.

–Maribel… es un Pallis. No puedes llamar perro a un gato así porque sí, ¿por qué querrías hacerlo?

–Se me ocurren muchas razones. ¿Te importaría marcharte ahora que me has obligado a satisfacer tu curiosidad? –Maribel temblaba. Sentía deseos de arrebatarle de las manos aquella preciosa foto de su hijo. Habían saltado todas las alarmas de protección.

–No es simple curiosidad –censuró Leonidas–. Me debes una explicación...

–Yo no te debo nada y quiero que te vayas –tragándose el pánico, Maribel descolgó el teléfono–. Si no te vas ahora mismo, llamaré a la policía.

Leonidas la miró desconcertado y luego se echó a reír inclinando hacia atrás la cabeza.

–¿Por qué harías semejante locura?

–Esta es mi casa. Y quiero que te marches.

–¿Justo cuando acabo de descubrir que puedes ser la madre de mi único hijo? –la prudencia y perspicacia innatas de Leonidas le hacían contenerse. Sabía que sería muy poco sensato reconocer a Elias antes de llevar a cabo una prueba de ADN, a pesar de que estaba seguro de que era su hijo. No sabía cómo, pero tenía esa certeza, y ya había llegado a la conclusión de que la situación podría haber sido mucho peor. Al menos se trataba de Maribel y no de una arpía interesada, calculadora y exenta de moral.

–Llamaré a la policía –amenazó Maribel vacilante, aterrorizada ante la idea de que Elias despertase y, al oír algún ruido arriba, Leonidas insistiese en subir a verlo.

Él la miró confuso.

–¿Qué es lo que te pasa? ¿Estás histérica? ¿Corres el riesgo de que te roben o asalten? ¿Es por eso por lo que dices esas estupideces acerca de llamar a la policía?

Los ojos de ella se tornaron de un morado tan brillante como el de las orquídeas salvajes, resaltado por su palidez y tensión.

–Quiero que olvides que has venido y lo que crees haber averiguado. Por lo que más quieras.

–¿Existe alguna otra persona que piense que es el padre de Elias? –preguntó Leonidas, calculando que aquella sería la única razón que explicaría su deseo de hacerlo desaparecer.

La tensión en el ceño de Maribel empezaba a causarle dolor. Enfrentarse a Leonidas Pallis en ese estado era como sentirse azotada por una tormenta.

—Por supuesto que no –dijo, mostrando con un gesto su desagrado–. Esa sugerencia resulta demasiado sórdida.

—Las mujeres hacen cosas así continuamente –le dijo Leonidas con cinismo, sin convencerse del todo de su negativa. Había visto cómo Imogen manipulaba a Maribel y sabía que aunque era tremendamente lista, podía resultar muy crédula cuando había sentimientos de por medio–. Si no es ese el problema, ahórrame esos discursos teatrales sobre olvidar que he venido. ¿Podrás?

—Solo por esta vez te pido que dejes de pensar en ti mismo. Si eso te resulta teatral, lo siento, pero es lo que hay –con mano nerviosa, Maribel se apartó el pelo de la cara.

Leonidas le dedicó una mirada dura como el granito.

—No voy a escuchar más tonterías. ¿Dónde está Elias?

Maribel se dirigió a la puerta y la abrió con mano sudorosa.

—Llamaré a la policía. Lo digo en serio. No tengo nada que perder.

—Te dejo mi tarjeta. Llámame cuando recuperes la cordura.

Leonidas dejó su tarjeta sobre la mesa.

—No pienso cambiar de idea –declaró Maribel, desafiante.

Leonidas se detuvo frente a ella.

—¿Quieres iniciar una guerra? ¿Crees que puedes manejarme? –bramó–. No puedes hacerlo.

—Pero tengo que hacerlo, porque no pienso aceptarte en la vida de mi hijo. ¡Haré lo imposible por protegerle de ti! –juró Maribel en un ataque febril.

—¿Protegerlo de mí? ¿Qué es lo que intentas decir? Te vuelves ofensiva sin razón –Leonidas le lanzó un juicio severo, intentando intimidarla con la expresión de su rostro–. ¿Por qué? Esperaba otra cosa de ti. ¿Es esto una especie de venganza, Maribel? ¿Estás enfadada porque he tardado dos años en buscarte?

No era la primera vez que él le provocaba tal rabia y miedo que ella llegaba a perder la noción de las cosas. Nadie podía ser más provocador que Leonidas Pallis. Nadie sabía mejor cómo asestar una puñalada metafórica que hiciese tanto daño. La gente sensata no lo quería como enemigo. Y una mujer sensata, pensó acusándose con amargura, jamás se habría acostado con él.

–¿Por qué iba a estar enfadada? –murmuró Maribel con impotencia–. Ni siquiera me gustas.

A Leonidas no le impresionaba prácticamente nada, ya que desde pequeño había conocido las peores facetas de la naturaleza humana a través de su madre, pero aquella declaración de Maribel le impactó. Siempre había considerado su apariencia de sensatez y seriedad como una barrera defensiva. La consideraba una mujer bondadosa y simpática, buena por naturaleza, tristemente condenada a que se aprovecharan de su buen corazón. Pero en media hora, Maribel había dado la vuelta a todo lo que él creía saber sobre ella y le había insultado y atacado de un modo impensable.

Aun así, por lo que pudo averiguar, era la madre de su hijo. Se preguntó si la tensión la había vuelto histérica, si es que no podía soportar aquella situación. No creía que ya no le gustara. Sabía que ella lo amaba, lo supo desde el momento en que la conoció, y no era una mujer voluble.

Con rostro sombrío, Leonidas se subió a la limusina. Como buen Pallis y, dado lo viril y agresivo de su personalidad, no perdía el tiempo a la hora de mover ficha. Descolgó el teléfono, llamó al jefe ejecutivo de su equipo de abogados y le pidió una copia del certificado de nacimiento de Elías Greenaway. Explicó los detalles ignorando el silencio de estupefacción al otro lado de la línea, porque Leonidas Pallis nunca daba explicaciones de sus actos a nadie ni contaba con todo detalle una situación a menos que así lo deseara.

–Quiero también para mañana por la mañana un informe completo sobre mis derechos como padre en este país.

Terriblemente enfadado y con ánimo combativo, Leonidas volvió a maravillarse del comportamiento ofensivo y la actitud tan irracional de Maribel. Al recordar sus palabras, su hostilidad se hizo aún más fuerte. ¡Rechazar su deseo por ver al niño! ¡Sugerir que debía proteger al niño de él y que estaría mejor sin su compañía! Había ofendido su sentido del honor atreviéndose a hacerle aquellas vergonzosas acusaciones.

Todo el tiempo le asaltaban imágenes de Maribel mirándole desafiante. Sus relucientes ojos negros se endurecieron en una mirada abrasadora. ¿Cómo había podido tener al niño sin decírselo? Pero al acordarse de la foto del pequeño se puso nervioso, porque prefería estar enfadado con Maribel en lugar de pensar en la verdad que subyacía en el fondo de aquel asunto.

Capítulo 3

PARA cuando Maribel salió del estado de agitación en que se encontraba, Elias lloriqueaba ruidosamente demandando atención. La limusina y la cabalgata que la acompañaba se habían marchado hacía tiempo.

Poniendo orden en su cabeza, subió rápidamente las escaleras y sacó a su hijo de la cuna con tal entusiasmo que le hizo reír y gritar de alegría, porque no había nada en el mundo que le gustase más a Elias que juguetear con su madre. Temblando, Maribel lo sostuvo en alto y luego lo abrazó fuertemente, sabiendo que querría morir si algo llegara a ocurrirle. Había hecho lo que debía al echar a Leonidas; sabía que había hecho lo que debía.

Pero ¿qué posibilidades había de que Leonidas se mantuviese al margen?

Se retiró preocupada el cabello húmedo de la frente. ¿Leonidas?, él únicamente hacía lo que quería y tendía a hacer aquello que se le prohibía o no resultaba adecuado. Elias compartía con él aquel empecinamiento competitivo, que quizá fuera algo típicamente masculino.

Sacó a Elias al jardín con Mouse y, viendo que su hijo y el perro correteaban, Maribel se sentó en el columpio y dejó que su memoria retrocediese siete años...

Imogen había comprado una casa en Oxford y la había convencido a ella, que por entonces era estudiante, para que se trasladase allí y cuidase del inmueble. La idea le había parecido estupenda porque le suponía reducir gastos a cambio de dedicarse a nimiedades domésticas que Imogen, que solía estar fuera a menudo, no se molestaba en hacer. Por aquellos días, Imogen tenía veintitrés años y su carrera como modelo no había llegado a alcanzar el éxito deslumbrante que tanto anhelaba. Siempre de fiesta en fiesta, la indomable Imogen se topó con Leonidas Pallis en un club nocturno y no tardó ni un segundo en presentarse. Por entonces, él estudiaba en la Universidad de Oxford.

–Es tan rico que el dinero no tiene valor para él. ¡Organizó una fiesta increíble! –Imogen, era rubia, encantadora, alta y despampanante, y aquella noche llevaba un moderno vestido corto. Estaba tan emocionada que las palabras se le agolpaban en la boca–. Es toda una celebridad, y tan genial… ¡me encanta! Por cierto, ¿te he dicho ya que es estupendo?

Aquel ingenuo fluir de confidencias le preocupó, más que impresionarla, porque Imogen se dejaba influir fácilmente por la gente menos adecuada y la llegada de un playboy griego, que destrozaba coches y descendía en rápel por los rascacielos por pura diversión, no era para ella sino una mala noticia. Pero salir con el heredero de los billones Pallis aumentó las posibilidades de Imogen de hacer dinero como modelo. De pronto se vio tremendamente solicitada, codeándose con los ricos y famosos y volando por todo el mundo para posar en sesiones de fotos, acudir a fiestas de fin de semana o disfrutar de vacaciones interminables.

–Es él… tiene que ser él. Quiero casarme con él y convertirme en la esposa inmensamente rica de un magnate griego. ¡Si me deja, me muero! –jadeó Imogen pasadas dos semanas, y esa misma noche llevó a Leonidas a casa sin previo aviso.

Ella quedó horrorizada al ver a Imogen entrar en su habitación con Leonidas a la zaga, pillándola con un pijama de cuadros escoceses, hecha un ovillo delante de un estudio sobre la datación por carbono y con una taza de cacao en la mano.

–Esta es mi prima, Maribel, la mejor amiga que tengo en el mundo –dijo Imogen–. Es estudiante como tú.

Entreteniéndose en el umbral, Leonidas le dedicó una sonrisa divertida y perezosa, y la intensa atracción que provocó en ella la recorrió como una descarga eléctrica. No supo a dónde mirar ni como comportarse, y lo que más le sorprendió fue ser capaz de sentir algo así. Hasta entonces, sus citas habían sido poco entusiastas y siempre decepcionantes. Un chico se mostró amistoso con ella solo para robarle un trabajo, y otro había intentado que le hiciese los ejercicios de clase. Había muchos que esperaban sexo en la primera cita y otros que acababan sumidos en un sopor etílico. Ninguno había conseguido emocionarla, ni siquiera le habían provocado un momento de excitación; hasta la irrupción de Leonidas.

Dado su carácter, se sintió tremendamente culpable al verse atraída por el novio de su prima. Aquella primera noche cerró la puerta a esa certeza y se negó a volver a dejarla salir. Durante el mes siguiente, apenas vio a Imogen, que estuvo alojada en las casas de Leonidas en Oxford, Londres y el extranjero. Y entonces, con la misma prontitud, aquella fugaz aventura llegó a su fin. En palabras de Pallis, solo había sido una aventura más, pero para Imogen había significado mucho, porque le había permitido conocer una vida llena de lujos que la había cautivado.

—Está claro que si quieres formar parte del mundo de los Pallis, tienes que compartir a Leonidas y no mostrarte celosa —Imogen intentaba aparentar que no le importaba ver a Leonidas con su sustituta, una joven aspirante a estrella de cine—. Con tantas ofertas como tiene, una no puede esperar que se conforme con una sola mujer.

—Aléjate de él —le instó ella atribulada—. Es un canalla frío y arrogante. No te hagas esto a ti misma.

—¿Estás loca? —preguntó Imogen, mostrando con voz chillona su incredulidad—. Voy a relajarme y sentarme a esperar. Puede que en unas semanas se harte de esa estrella y vuelva conmigo otra vez. ¡Estando con él soy alguien y no pienso renunciar a eso!

Y como era de esperar y tal y como había vaticinado, la

capacidad de Imogen para hacer reír a Leonidas cuando estaba aburrido le aseguró una plaza fija como amiga suya, pero quizá ella fuese la única persona que se avergonzaba al ver a su prima dispuesta a ponerse en ridículo con tal de divertir a Leonidas. Entonces hubo un incendio en el apartamento de Leonidas en Oxford e Imogen lo invitó a alojarse en su casa mientras trabajaba en el extranjero.

La animadversión que sentía por él quedó confirmada porque Leonidas resultó ser un invitado infernal. Sin una palabra de disculpa o de previo aviso, se instaló en la casa con sus empleados, incluyendo cocinero y asistente personal, sin mencionar a los guardaespaldas. Por medidas de seguridad, ella tuvo que abandonar su cómoda habitación y trasladarse a la segunda planta. La visitas entraban y salían de allí día y noche, los teléfonos sonaban sin parar y siempre había chicas ligeras de ropa repantigadas en las habitaciones, casi siempre borrachas y discutiendo.

Después de diez días amargada, acabó perdiendo los estribos. Hasta ese momento no estaba segura de si Leonidas se había dado cuenta de que ella todavía vivía en aquella casa. La mañana del undécimo día, lo encontró en el pasillo con una morena risueña enganchada a su brazo.

–¿Podría hablar contigo en privado?

Elevó una ceja negra, porque a pesar de tener solo veinticuatro años, Leonidas era ya un maestro en el arte de la insolencia.

–¿Por qué?

–Esta casa es tan mía como de Imogen y sé que ella te considera un tipo inofensivo, pero la vida que llevas me parece absolutamente repugnante.

–Piérdete –dijo Leonidas a la morena con terrible frialdad.

Observándolo con desagrado, ella negó con la cabeza.

–Seguramente estarás acostumbrado a vivir en el equivalente a un burdel en el que todo vale, pero yo no. Dile a tus amigas que se dejen la ropa puesta, envíalas a casa cuando se emborrachen y se pongan agresivas e intenta evitar que griten y pongan la música a todo volumen a altas horas.

–¿Sabes qué es lo que te hace falta? –sus ojos oscuros y brillantes se encendieron en una fugaz mezcla de rabia y diversión, y poniéndole las manos en las caderas la atrajo hacia sí como si fuese una muñeca–. Acostarte con un hombre como es debido.

Ella lo abofeteó tan fuertemente que se le adormeció la mano, y él se apartó de ella totalmente alucinado.

–¡No te atrevas a volver a hablarme de ese modo y que no se te ocurra tocarme!

–¿Eres siempre así? –preguntó Leonidas sin poder creerlo.

–No, Leonidas. Solo soy así contigo. Consigues sacar lo mejor de mí –le dijo con furia–. Estoy intentando preparar mis exámenes… ¿estamos? Bajo este techo, no se te permite actuar como un gamberro arrogante, egoísta y maleducado.

–No te gusto nada –dijo Leonidas sorprendido.

–¿Qué es lo que debía gustarme?

–Te compensaré...

–¡No! –le interrumpió de forma inmediata, porque conocía bien el modo en que se saltaba las reglas de los demás–. No puedes librarte de esta con dinero. No lo quiero, solo quiero que acabes con esta situación. Quiero mi dormitorio y una casa tranquila. Aquí no hay sitio suficiente para tantos empleados.

Aquella tarde al volver a casa encontró todas sus cosas en su antigua habitación y se vio rodeada de un gozoso silencio. En agradecimiento, ella preparó un poco de *baklava* y se lo dejó con una nota sobre la mesa. Dos días después, él le preguntó cuándo pensaba recogerle las camisas sucias del suelo. Cuando ella le explicó que su acuerdo con Imogen no incluía hacer de criada para los invitados y que el infierno se helaría antes de que ella tocara sus camisas, Leonidas le preguntó cómo pensaba que se las iba a arreglar sin servicio.

–¿De verdad eres tan inútil? –le preguntó asombrada.

–¡No lo soy! –bramó Leonidas.

Pero sí que lo era. Era un perfecto inútil a la hora de enfrentarse a las tareas domésticas. Pero los Pallis se tomaban muy a pecho cualquier reto y Leonidas pensó que debía demostrarse a sí mismo lo contrario. Fue entonces cuando quemó la tetera eléctrica al ponerla sobre el fuego, hizo todas las comidas fuera e intentó lavar las camisas en la secadora. A ella le venció la lástima y sugirió que regresaran sus empleados, pero que no se quedaran a dormir. Así lograron sellar un difícil acuerdo, porque Leonidas era capaz, si se esforzaba, de encantar a los pájaros. A ella le sorprendió descubrir que era un hombre realmente inteligente.

Dos días antes de que él se mudara a su nuevo apartamento, llegó a casa de madrugada y completamente borracho. Ella se despertó por el ruido y salió de la cama para sermonearle sobre los perjuicios del alcohol, pero cerró la boca cuando él le dijo que era el aniversario de la muerte de su hermana. Conmovida, le escuchó aunque logró enterarse de poco, porque él no paraba de soltar frases en griego. Finalmente, le comentó que no sabía por qué confiaba en ella de ese modo.

—Porque soy agradable y discreta –no se hacía ilusiones sobre si confiaba en ella por alguna otra razón. Sabía que era rellenita y fea, pero esa misma noche se enamoró locamente de Leonidas Pallis; al darse cuenta que bajo toda aquella pose se escondía un ser humano incapaz de hacer frente al torbellino emocional que le provocaban los malos recuerdos.

El día que se marchaba la besó sin previo aviso. En mitad de una conversación inofensiva, acercó su boca a la de ella con una exigencia tan ávida y apasionada que ella se quedó rígida. Lo apartó de él asombrada y violenta:

—¡No! –le dijo con vehemencia.

—¿En serio? –preguntó Leonidas haciendo patente su incredulidad.

—En serio, no –con los labios aún hormigueantes por el ataque de los de él, se apartó riéndose para encubrir su turbación. Creía que la había besado porque no tenía ni idea de cómo mantener una sencilla amistad con una chica.

Sabiendo lo que Imogen aún sentía por él, se sintió tan culpable por aquel beso que se lo confesó a su prima, pero Imogen se rio a mandíbula batiente.

—¡Seguro que alguien se ha apostado con Leonidas que no era capaz de hacerlo! Porque no tienes el tipo ni el atractivo suficiente como para cazarlo, ¿no crees?

Mientras sus pensamientos retornaban al presente, Maribel reconoció que sus primeros recuerdos de Leonidas eran agridulces. Cada vez que se volvía a encontrar con él a través de Imogen, se defendía resguardándose en un cortante sentido del humor. Al tiempo que firmaba acuerdos comerciales de millones de dólares, Leonidas había seguido saliendo con una sucesión interminable de mujeres espectaculares y acaparando titulares allá donde fuere. Sin embargo, Imogen había ido trabajando cada vez menos, sumergiéndose más y más en un estilo de vida díscolo y destructivo. Un año antes de su muerte, Leonidas había dejado de contestar a sus llamadas.

Maribel atrapó a Elias cuando pasaba corriendo junto a ella y él se tumbó en su regazo desternillándose de risa. Sus ojos brillaban tanto que ella tuvo que resistir las ganas de abrazarlo y lo dejó zafarse para retomar sus juegos. Era un niño muy feliz. Dudaba que Leonidas hubiese llegado a conocer aquel tipo de felicidad o seguridad. Elias dependía de ella para hacer lo que era mejor para él. Se negó a admitir que tener un padre cualquiera era mejor que no tenerlo.

Leonidas se enfadó al ver que en el certificado de nacimiento de Elias Greenaway él no constaba como padre.

—Quiero que preparen inmediatamente una prueba de ADN.

Los tres abogados que se sentaban al otro lado de la mesa se pusieron tensos al unísono.

—Cuando una pareja no está casada, las pruebas de ADN

solo pueden llevarse a cabo con el consentimiento materno –dijo el mayor de los tres–. Puesto que su nombre no aparece en el certificado de nacimiento, no tiene responsabilidad parental alguna sobre el niño. ¿Puedo preguntarle si mantiene una relación cordial con la señorita Greenaway?

La mirada del magnate griego llameó por un instante.

–Es la doctora Greenaway, y no estamos aquí para hablar acerca de nuestra relación. Concéntrense en mis derechos como padre.

–Sin matrimonio, la jurisdicción británica favorece siempre a la madre. Si esta señora accede a una prueba de ADN, a compartir las responsabilidades y a permitirle visitas al niño, no habrá problema –explicó el abogado de forma pausada–. Pero si no hay acuerdo, la dificultad será grande. La única solución que tendríamos sería acudir a los tribunales y, por lo general, el juez suele considerar a la madre como el mejor árbitro para los intereses de su hijo.

Leonidas, que siempre se mantenía frío ante la presión, sopesó aquellos hechos con expresión distante. Aunque nadie podría haberlo adivinado, estaba muy sorprendido.

–Así que necesito su consentimiento.

–Sería el acceso más directo.

Leonidas sabía que había más entresijos de lo que parecía y, para un hombre tan rico como él, siempre había un modo de sortear las reglas. Cuando de ganar se trataba, y esta era normalmente la única meta posible para Leonidas, el concepto de juego limpio no tenía peso alguno y el más ingenuo era el que solía salir mal parado. Pero no quería utilizar esta estrategia con Maribel, a quien le horrorizaban ese tipo de comportamientos. Por el momento, estaba dispuesto a utilizar métodos de persuasión mucho más convencionales...

Maribel descolgó el teléfono de la oficina y saltó sobresaltada de la silla en cuanto oyó la voz de Leonidas.

–¿Qué quieres? –preguntó, demasiado agitada como

para intentar mantener la mínima conversación de cortesía.

–Quiero hablar contigo.

–Ya hablamos ayer, ahora estoy trabajando –protestó Maribel casi en un susurro, porque el pánico le impedía hablar con normalidad.

–Tienes una hora libre antes de la próxima tutoría –le informó Leonidas–. Te veo en cinco minutos.

De repente, Maribel deseó ser de ese tipo de mujeres que se maquillan a diario y no solo en días especiales o festivos. Buscó frenéticamente en su bolso un espejo y se cepilló el pelo, intentando obviar la noche en blanco que tenía marcada en la cara y los ojos. Un segundo después, se enfadó consigo misma por la reacción instintiva que había tenido ante aquella llamada. En lugar de controlarse y concentrarse en lo importante, había perdido unos minutos preciosos preocupándose por su aspecto. Se dijo exasperada que había perdido el tiempo, mirando su camisa verde arrugada, sus pantalones y sus cómodos zapatos. Solamente el hada de Cenicienta podía hacer un milagro con aquella indumentaria práctica.

Leonidas entró caminando lentamente. La miró con ojos aparentemente indolentes y suspiró.

–No soy el enemigo, Maribel.

Ella levantó la cabeza y evitó encontrarse de frente con su penetrante mirada, pero aquel sencillo vistazo a sus facciones fuertes y enjutas se le quedó flotando en el fondo de la cabeza. Sus mejillas esculpidas y la línea dura de su mandíbula impresionaban incluso antes de tomar en cuenta el resto de su físico. Siempre le había resultado placentero contemplar a Leonidas. Negarse esa necesidad de mirar y disfrutar le dolía hasta extremos casi físicos. Desesperada por recuperar la compostura, aspiró profundamente.

–Es una indiscreción que vengas a verme aquí –le dijo fríamente–. Este es un edificio público y mi lugar de trabajo. Muchos podrían reconocerte, llamas mucho la atención.

–No puedo evitar llevar este apellido –se encogió de

hombros, lo que de algún modo logró implicar lo terriblemente irracional que ella estaba siendo–. Deberías haber sabido que tendríamos que volver a hablar. Seguramente pensé que aquí sería menos probable que amenazaras con llamar a la policía.

–Oh, por Dios, ¡sabes de sobra que no iba a llamar a la policía para deshacerme de ti! –la paciencia de Maribel se quebró ante semejante golpe–. ¿Y desde cuándo has tenido tú miedo a algo? Puedo ver los titulares mientras hablamos: «Intento de arresto de un magnate griego», ¡porque sabes perfectamente que tus guardaespaldas no iban a permitir que te arrestaran! ¿De verdad crees que me arriesgaría a atraer ese tipo de publicidad?

–¿No? –Leonidas había olvidado que ella tenía un miedo acérrimo a aparecer en los medios. Considerando las muchas mujeres que habían aireado en la prensa una relación íntima con él, se preguntó si aquella actitud debía resultarle ofensiva. Siempre había sido tan distinta de las mujeres a las que él estaba acostumbrado que nunca estaba seguro de lo que ella iba a decir o de cómo iba a reaccionar.

–Pues claro que no. Y no creo que tú la quieras tampoco. De hecho, estoy segura de que has estado reflexionando seriamente desde ayer.

–Obviamente –Leonidas se apoyó en el borde de la mesa y estiró sus piernas largas y fuertes, maniobra que acabó literalmente atrapando a Maribel en la esquina próxima a la ventana. El despacho no era más grande que un armario de limpieza y contaba con una segunda mesa porque era compartido. Él la contempló con calculadora frialdad. El cansancio no lograba debilitar la claridad cristalina de sus ojos violetas. En cuanto a la indumentaria, parecía sosa a primera vista, pero la blusa y los pantalones se ajustaban al pecho y las caderas realzando las imponentes curvas y misteriosos valles de su figura. Era lo suficientemente mujer como para convertir a muchas otras en algo plano e insulso, pensó, asediado por un recuerdo tremendamente erótico de Maribel cálida y seductora al amanecer. La tensión inmediata que provocó en su entrepierna casi le hizo sonreír, porque hacía tiempo que no reaccionaba con tanto entusiasmo ante una persona del sexo opuesto.

Sometida a la ráfaga sensual de su mirada descarada, Maribel se puso rígida. Le aterrorizaba la calidez que la invadía y la presión que sus pechos hinchados ejercían sobre el sujetador. Sus tiernos pezones se endurecieron y cruzó los brazos nerviosa.

—Entonces, si has estado pensando...

—Todavía necesito algunas respuestas. Al menos, sé realista —el brillo de sus ojos se ocultaba ahora bajo las pestañas y su forma de hablar era terriblemente suave—. ¿Qué hombre no lo haría en mi lugar?

Maribel no quería ser realista, solo quería que se volviese a marchar y dejase de amenazar la tranquilidad mental que tanto le había costado conseguir.

—¿Qué es lo que tengo que hacer para que entres en razón?

—Debes tener en cuenta las dos partes de la ecuación. Sé la mujer razonable que yo sé que eres. Es absurdo que me pidas que me vaya sin saber siquiera si el niño es mío o no —su voz tranquila y pausada ejercía sobre ella un efecto casi hipnótico.

—Sí, pero... —Maribel apretó los labios por miedo a precipitarse en sus palabras—. No es tan sencillo.

—¿No? —respondió Leonidas—. Está claro que crees que Elias es hijo mío. De no ser así, me habrías sacado rápidamente esa idea de la cabeza.

Maribel se puso tensa y sus ojos reflejaron su indecisión.

—Leonidas…

—Un niño tiene derecho a saber quién es su padre. Hasta que cumplí siete años, creí que mi padre era el primer marido de mi madre. Pero tras el divorcio, me enteré de que había sido otro hombre. Sé de lo que hablo. ¿Piensas mentirle a Elias?

—Sí… ¡no! ¡Ay, por el amor de Dios! —jadeó Maribel,

retirándose el pelo de la frente con mano ansiosa, desarmada ante su sinceridad–. Haré lo que sea mejor para Elias.

–Algún día Elias se hará mayor y lo perderás si le mientes sobre su nacimiento –atacó Leonidas con frialdad–. ¿Habías pensado en esto, o en el hecho de que Elias también tiene sus derechos?

Maribel se acobardó ante aquel recordatorio tan desagradable.

–¿Y si te pasa algo? ¿Quién iba a cuidar de él?

–Eso ya está previsto en mi testamento.

Leonidas se quedó tan inmóvil como una pantera a punto de saltar. Sus esfuerzos por mantener la calma se disiparon al oír aquellas palabras.

–¿Aparezco yo?

Tensa como un arco, Maribel negó lentamente con la cabeza.

Entonces se hizo un silencio tan espeso como la niebla.

Con gran esfuerzo, Maribel volvió a mirarle. Leonidas la observaba con una expresión condenatoria que le caló hasta los huesos. Era obvio que él ya había sacado sus propias conclusiones sobre la paternidad del niño. Se sintió hundida, ya que no podía convencerlo de lo contrario. No contaba con un método mágico que les hiciera retroceder en el tiempo y garantizara que él no averiguase lo que, según creía ella, él hubiese sido feliz ignorando.

–De acuerdo –dijo bruscamente, y sus hombros se desplomaron, porque se sentía tan agotada como si llevara peleando ya diez asaltos con un peso pesado–. Me dejaste embarazada.

A Leonidas le sorprendió la enorme satisfacción que se apoderó de él y el alivio que le supuso no tener que presionarla. Tal y como él pensaba, Maribel había escuchado a su conciencia. Así que era hijo suyo. El niño era un Pallis: la siguiente generación de la familia. Sus tres tías abuelas se alegrarían enormemente al saber de la continuación del linaje de los Pallis, y sus parientes más avariciosos quedarían destrozados al verse apartados de la herencia. Leonidas había decidido hacía tiempo no casarse ni tener hijos, pero hasta entonces no se le había ocurrido que podía disfrutar de un heredero sin tener que preocuparse demasiado.

–Sabía que no me mentirías –dijo con aprobación.

Pero Maribel sentía que había hecho mal porque la decencia era en ella una debilidad cuando estaba con él. Seguía atrapada en el brillo de aquellos ojos; su mirada seguía dejándole sin habla.

Con un movimiento ágil, Leonidas abandonó la posición engañosamente casual que había adoptado al apoyarse en la mesa y enderezó la espalda mostrando la fuerza de su cuerpo y su impresionante altura. Estiró los dedos crispados de Maribel para atraerla aún más hacia él.

–Has hecho lo correcto –murmuró–. Te admiro por haberme dicho la verdad.

–Pues yo creo que decirte la verdad ha sido una de las cosas más absurdas que he hecho jamás –sus dedos temblaron en los de él mientras luchaba contra la fuerza insidiosa de su sensualidad. «El gato escaldado del agua fría huye», se recordó desesperadamente a sí misma. Él estuvo a punto de acabar con su autoestima dos años antes, porque aunque Imogen y otras muchas mujeres habían logrado de algún modo mantener con él una relación superficial, para ella fue como si le arrancaran lentamente el corazón y aquello le fuese a durar de por vida. Y así fue durante meses.

–¿Y eso por qué? –Leonidas notaba la agitación que ella intentaba ocultarle y le extrañaba, porque no entendía por qué seguía mostrándose tan aprensiva. Masajeando lentamente su delgada muñeca, la miró, entreteniéndose en la plenitud carnosa y rosada de su boca. Se apoderó de él una corriente de excitación que no intentó detener. De hecho, disfrutaba con la increíble fuerza de sus reacciones ante ella. Seducir a Maribel, según recordaba, había sido de una dulzura inesperada, y hacerlo ahora acabaría con toda discusión–. No estoy enfadado contigo.

–No por el momento... no –asintió Maribel con la boca seca, al notar el cambio que se había producido en el ambiente. Su corazón se disparó. Fue como si el tiempo se ralentizara y se despertaran todos sus sentidos. Respirando agitadamente, intentó controlarse.

–No tuvimos cuidado –comentó Leonidas bajando la voz, preguntándose si lograría cerrar la puerta con llave y aprovechar aquella situación.

–Fuistc tú el que no tuviste cuidado –susurró Maribel, incapaz de eximirlo de culpa al hacer aquella injusta afirmación a pesar de que su cerebro se estaba sumergiendo en un estado de sensualidad.

–Me dejé la cartera en la limusina y no me dejaste llamar para que me la trajeran, así que no llevaba preservativos...

–¡No quería que tu chófer y tu condenado equipo de seguridad se enterasen de lo que estabas haciendo! –protestó Maribel, y se ruborizó al acordarse de lo vergonzoso de aquella situación.

Leonidas le sonrió pícaramente.

–Pasé la noche contigo. ¿Y qué?

–No quiero hablar del tema –Maribel se dio cuenta de la engañosa intimidad de la discusión. Resistiéndose a la atracción de su magnetismo animal, giró la cabeza.

Él alzó su mano bronceada para retirar de su pálida frente un mechón de cabello color ámbar. Consciente de su proximidad, Maribel se estremeció. Todo su cuerpo se inclinaba hacia él. Era como si hubiese pulsado un botón que hiciera que se derritiera, y sus ansias pudiesen más que su sentido común. Sentía un enorme deseo por lo prohibido y, por más que lo intentase, se veía incapaz de sofocarlo.

—Conviertes esto en algo muy complicado –susurró Leonidas, y acarició la curva de su cadera para tranquilizarla y evitar que se alejase–. Pero para mí es muy sencillo.

Ella sabía que no era sencillo, sabía que era complicado. Incluso sabía que era un terrible error y que se odiaría más tarde por ello. Pero cuando él inclinó su cabeza hermosa y oscura, se encontró a sí misma estirándose hasta ponerse de puntillas para no tener que esperar ni un segundo más de lo necesario para obtener un contacto físico. Leonidas era ante todo un hombre embriagador. Sus labios buscaron los de ella con una avidez y exigencia que le llegó a la punta de los pies. Su lengua encontró la de ella y aquello la hizo estremecer. Se apretó contra ella, acercándola con sus fuertes manos, dejándole sentir abiertamente la fuerza de su erección. Ella sintió una llamarada de calor bajo su vientre y jadeó ante el acoso de su boca, clavándole los dedos en los hombros. Sin acordarse de cómo habían llegado a aquella situación, ella apartó de pronto sus manos sintiéndose culpable. Tuvo que obligarse a liberarse de su abrazo, y aquello le dolió tanto como si le arrancaran un pedazo de piel.

Con los ojos encendidos de resentimiento ante aquel descaro, Maribel se apartó torpemente de su lado y fue a topar con un armario que tenía justo detrás y que proporcionó un piadoso punto de apoyo a sus piernas temblorosas.

–¿A qué demonios estás jugando? –le dijo bruscamente, condenándolo furiosa y enfadada por su debilidad y la odiosa inevitabilidad de que él se aprovechara de ello–. ¿Es porque te eché de mi casa ayer? ¿Insulté a tu ego? ¡Acabas de descubrir que eres el padre de mi hijo! ¿Y qué es lo que haces? ¡Intentar seducirme!

–¿Y por qué no? –Leonidas había seguido su natural inclinación y había encontrado en ella una respuesta alentadora, de modo que no estaba de humor para disculparse, sobre todo porque estaba reprimiendo un enorme deseo de volver a tenerla entre sus brazos–. Creo que me estoy portando muy bien. Y estoy dispuesto a aceptar mi responsabilidad…

–¡Jamás en tu vida has aceptado responsabilidades! –afirmó Maribel con una amargura que él encontró inconcebible.

–Estoy dispuesto a responsabilizarme de Elias.

–¡Pero estás tan ocupado seduciéndome que me acabas de volver a demostrar por qué no soporto la idea de introducirte en la vida de mi hijo! –le gritó Maribel, y la fuerza de sus sentimientos resonó en su voz. Todo su cuerpo hormigueaba de forma casi dolorosa, inundada por un sentimiento que solo podía describirse como privación. La vergüenza que sentía por haber perdido el control amenazaba con asfixiarla.

–Tendrás que aprender a soportar la idea y también a mí, porque no tengo intención de apartarme de mi hijo –sus ojos oscuros como la noche se clavaron en ella como estocadas de advertencia–. Elias es un Pallis.

–No importa lo que haga falta, pero te juro que no permitiré que tengas contacto alguno con él –respondió Maribel apretando los puños.

Leonidas espiró en un siseo lento y burlón.

–Dame una buena razón por la que debas comportarte así conmigo.

–¡No tienes más que fijarte en lo que ser un Pallis ha supuesto para ti! –contestó Maribel atacándole furiosa, porque la descarada seguridad en sí mismo que exudaba solo lograba recordarle que había perdido la dignidad al rendirse entre sus brazos–. Eres un irresponsable. No respetas a las mujeres. Tienes fobia al compromiso…

La burla dio paso a una incrédula indignación, y Leonidas bramó:

–¡Eso es intolerable!

–Es la verdad. Ahora mismo, Elias sería para ti una novedad, como un juguete nuevo. Solo te tomas en serio tus negocios. No tienes noción de vida familiar o de la necesidad de estabilidad que un niño requiere. ¿Cómo ibas a tenerla después del modo en que te han criado? No te culpo por tus deficiencias –le dijo Maribel forzándose a bajar la voz–, pero no pienso disculparme ante mi necesidad de proteger a Elias del daño que puedes llegar a hacerle.

Leonidas palideció de ira.

–¿Qué quieres decir con eso de deficiencias?

–Elias es alguien muy valioso. ¿Qué puedes ofrecerle aparte de dinero? Necesita un adulto dispuesto a anteponerlo a todo, que lo cuide, pero para ti la libertad es mucho más importante. Lo primero que perderías como padre es la posibilidad de hacer lo que quieras y cuando quieras, y eso es algo que no aguantarías ni cinco minutos…

–¡Ponme a prueba! –desafió Leonidas lleno de ira–. ¿Quién te crees para juzgarme así? ¡Jamás has salido de tu pequeña y académica pompa de jabón! ¿Con qué derecho me llamas irresponsable?

Maribel volvió a levantar la cabeza a pesar de su cara tensa y demacrada.

–Tengo más derecho que cualquiera. ¡Nunca llamaste para preguntarme cómo estaba después de la noche que pasamos juntos!

–¿Y por qué debería haberlo hecho? –bramó Leonidas como un oso.

Maribel se resistió a reaccionar de forma más personal y se guardó el dolor que le produjo aquel rechazo cruelmente gratuito.

–Porque habría sido el comportamiento más responsable por tu parte dado que sabías que había riesgo de embarazo –le informó en tono inexpresivo.

Ante aquella respuesta, Leonidas juró en griego y le lanzó una mirada de censura.

–Fuiste tú quien me dejó –argumentó.

Maribel pensó en lo que realmente había ocurrido aquella mañana y se quiso morir de vergüenza. Dejarlo habría sido la opción más digna y sensata, pero realmente no fue aquella su intención. Y como él no lo sabía, ella creyó que ya no venía a cuento habiendo pasado tanto tiempo. No se sentía orgullosa de lo que hizo, pero había decidido ser consecuente con su decisión.

–Tú eras la que debías haberme llamado al saber de tu embarazo –añadió Leónidas con dureza.

–No te merecías tanta consideración –contestó ella sin dudarlo.

El desdén endureció la belleza de sus facciones.

–No te llamé... ¿es esa la razón de todo esto? ¿Pretendes castigarme negándome cualquier contacto con mi hijo?

Maribel lo miró fijamente y sus ojos azul violeta se tornaron desafiantes ante aquel desprecio.

–No te atrevas a tergiversar mis palabras. Sé sincero contigo mismo. ¿Realmente deseas la complicación que supondría un niño en tu vida?

Solo cuarenta y ocho horas antes, Leonidas habría respondido que no a esa pregunta sin dudarlo ni un instante. Ahora las cosas eran distintas. No podía borrar de su mente la imagen de aquel niño que le sonreía desde la fotografía. Maribel lo había juzgado y lo había encontrado insuficiente, cosa que nadie se había atrevido a hacerle jamás.

Sin previo aviso, la puerta se abrió de par en par.

–¿Se puede saber por qué hay tanta gente merodeando por ahí afuera? –preguntó la señora con la que Maribel compartía despacho–. Ay, perdón. No me había dado cuenta de que tenías visita. ¿Interrumpo?

–En absoluto –murmuró Leonidas impasible–. Ya me marchaba.

Presa de una enorme ola de frustración, Maribel vio marchar a Leonidas. No entendía por qué se sentía tan desolada. El despacho no era lugar para discusiones y, además, él tenía que reflexionar sobre lo que ella le había dicho. Sin darse cuenta, se llevó la mano al labio inferior, hinchado todavía por su beso. ¡Qué propio de Leonidas manejar y emborronar las cosas importantes con sexo! Podía manejar el sexo. Maravillosamente. Lo que no era capaz de manejar eran los sentimientos.

Asombrada, su compañera corrió hacia la puerta.

–Santo cielo, ¿era quien yo creo que es? ¿Era realmente Leonidas Pallis?

Una masa de rostros especulativos escudriñaron a Maribel como si fuera un animal exótico que se exhibe por primera vez en el zoo...

Capítulo 4

MARIBEL no logró dormir aquella noche, ni tampoco la noche siguiente.

¿Cuánto tiempo había pasado desde que se enamoró de Leonidas Pallis? Casi siete años. Sonaba como una condena, y a veces lo parecía, sobre todo cuando luchaba por sentir algo, cualquier cosa, por alguien más apropiado. Tal vez su corazón estuviese también encerrado en una celda, ya que ni la inteligencia ni el sentido práctico habían ejercido influencia alguna sobre sus sentimientos. Había hecho lo imposible por superarlo. Conocía todos los defectos de Leonidas y no lo respetaba como persona. Pero una compasión mal entendida por un hombre frío e incapaz de reconocer el sufrimiento la había llevado a bajar la guardia tras el funeral de su prima y concebir un hijo al que adoraba.

«¿Quién te crees para juzgarme así?» Todavía sopesaba esa pregunta al amanecer del segundo día después de su última visita. Ahora que él se había enterado de la existencia de Elias, todo había cambiado y ella había tardado mucho en reconocerlo. De pronto se veía obligada a justificar las decisiones que había tomado y ya no estaba segura de si tenía derecho a negar a Elias todo contacto con su padre. Estaba acostumbrada a tomar decisiones por sí misma, pero en este caso se sentía tan implicada emocionalmente que decidió que lo más sensato sería pedir una segunda opinión a alguien en cuya discreción pudiese confiar.

Aquella mañana, fue a ver a Ginny Bell y le contó quién era el padre de su hijo.

Durante el transcurso de un minuto, aquella mujer se limitó a mirarla atónita e incrédula.

–¿Leonidas Pallis? ¿El millonario griego que aparece en las revistas de famosos? ¿El que fue novio de Imogen?

Roja como un tomate, Maribel asintió con la cabeza.

–Santo Dios. ¡Qué callado te lo tenías! –exclamó Ginny–. ¿De verdad es Leonidas Pallis el padre de Elias?

–Sí.

–Nunca quise preguntarte quién era porque no parecías querer hablar del tema –Ginny sacudió la cabeza asombrada por lo que acababa de oír–. Debo ser franca contigo. Me he quedado pasmada. ¿Qué es lo que ha hecho que de repente te decidas a contármelo todo?

–Leonidas acaba de descubrir la existencia de Elias y quiere verlo –Maribel apretó los labios–. Le he dicho que no.

Ginny hizo una mueca.

–Pues no me parece buena idea, Maribel. ¿Te parece sensato enojar a un hombre tan poderoso como él?

–Está muy molesto con mi actitud –admitió Maribel con tristeza.

–Si alguien te negara el acceso a tu hijo, ¿no te enfadarías? –inquirió la mujer irónicamente–. Intenta ponerte en su lugar y sé justa.

–No es tan fácil –le confió Maribel, agobiada.

–¿Pero por qué correr el riesgo de convertir a Leonidas en tu enemigo? ¿No sería eso aún más peligroso? He oído historias desgarradoras sobre niños secuestrados por padres extranjeros.

Ginny no podía haber dicho nada que alarmase más a Maribel.

–No me asustes, Ginny.

–Estás jugando con sentimientos muy fuertes. Y yo, en tu lugar, intentaría ser razonable.

–Creo que lo que ocurre es que Leonidas siente curiosidad. No me lo imagino implicado en la vida de Elias –dijo Maribel, tensa–. A Leonidas no le gustan los niños.

La mujer la sometió a una inteligente apreciación:

–Conoces muy bien a Leonidas, ¿verdad?

Maribel bajo la vista defendiéndose:

–Lo suficiente.

–Pues aférrate a ese vínculo, no vayas a perderlo para siempre –le advirtió Ginny compungida–. Por el bien de tu hijo. Algún día, Elias deseará conocer a su padre. Tomar decisiones por el bien de Elias es una gran responsabilidad.

Avergonzada al reconsiderar su posición, pero no sin cierto recelo, Maribel volvió directamente a casa y marcó el número privado de Leonidas.

Este contestó al teléfono, y en cuanto escuchó su voz, hizo una señal a su asistente personal para indicarle que sus abogados debían esperar a que acabase la conversación.

–Maribel –murmuró suavemente.

–De acuerdo, puedes ver a Elias. No he sido razonable contigo, así que dime cuándo quieres verlo.

Leonidas se sintió inmerso en una oleada de satisfacción y una extraña sonrisa desterró la frialdad de su rostro.

–Enviaré un coche para que te recoja en una hora, ¿te parece?

Maribel tragó saliva. La inmediatez de aquella petición la desconcertó, porque habría preferido organizar el encuentro en un terreno más familiar. Además, las advertencias de Ginny la habían puesto nerviosa y no quería cometer una torpeza.

–Es algo precipitado, pero no trabajo los jueves, así que perfecto.

–Me has alegrado el día, *glikia mou* –anunció Leonidas mostrando su aprobación–. Hasta luego.

Maribel colgó el teléfono con los dientes apretados. Sospechaba que, de haber tenido cuatro patas como Mouse, Leonidas le habría dado una palmadita en la cabeza y un trozo de chocolate por mostrarse tan obediente. ¿Seguro que aquello era mejor que estar en malos términos con él? Salió disparada escaleras arriba con Elias para cambiarse.

Una enorme limusina llena de lo que parecían ser guardias de seguridad vino a recogerla, llenándola de consternación. ¡Menuda discreción! Atado a su asiento en la inmensa zona de pasajeros, Elias se quedó dormido. Maribel, con una falda turquesa y un top, se sentó con un espejo y se puso a maquillarse intentando no parecer impresionada por aquella tapicería de piel crema y aquel despliegue de dispositivos. Eso fue un rato antes de darse cuenta de que debía haberle preguntado a Leonidas dónde sería el encuentro, porque la limusina no se dirigía hacia Londres, tal y como ella esperaba. Al ver que el coche descendía por una carretera hacia una enorme mansión georgiana su nerviosismo fue en aumento. Rodeada de jardines llenos de árboles majestuosos, resultaba una postal tan perfecta que hubiera podido servir como decorado para una película de época.

Maribel decidió que nada la intimidaría, y colocándose a Elias sobre la cadera se dirigió a una entrada que tenía las dimensiones de un pequeño campo de fútbol. Un criado abrió de par en par la puerta para facilitarle la entrada a un recibidor exquisitamente amueblado. Se detuvo a dejar a Elias en el suelo porque se retorcía impaciente después de tanto tiempo encerrado en el coche.

Leonidas vio primero a Maribel, e inmediatamente le distrajo el hecho de que, al inclinarse, el escote abierto de su top descubría la cremosa suavidad de sus pechos redondos y generosos. Enseguida se apoderó de él el deseo, y aquello le enfureció. Se preguntó, y no era la primera vez, por qué aquella leve visión de las curvas de Maribel tenían sobre él mayor efecto que un striptease integral. Al enderezarse, su pelo brillante y castaño se retiró para mostrar sus ojos vivos y su boca respingona pintada de color frambuesa, y él supo que volvería a acostarse con ella. Pero entonces apareció el niño, que se había quedado deambulando oculto por ella, y su visión le asaltó de tal manera que olvidó completamente aquello en lo que había estado pensando.

–Es muy pequeño– dijo con brusquedad.

A Maribel se le secó la boca al ver a Leonidas. Estaba a punto de decirle que Elias era de hecho muy alto para su edad, pero olvidó lo que estaba pensando. Leonidas, con unos vaqueros y una camiseta color café a juego con una chaqueta de lino, distrajo por completo su atención. Con el pelo negro peinado hacia atrás, y los ojos oscuros y profundos clavados en Elias, Leonidas resultaba increíblemente espectacular. Dolorosamente guapo, moderno y elegante. Ella se sintió de pronto acalorada, mal vestida... y terriblemente fea.

–¡Elias! –Maribel llamó al pequeño, que intentaba trepar por al gran cuadrado que formaba la mesa de café. Estaba en edad de escalar cualquier obstáculo que encontrase en su camino.

–Deja que se divierta –le dijo Leonidas con impaciencia.

«La forma de entender la paternidad de los Pallis», pensó Maribel, y luego se regañó a sí misma por sus prejuicios. Leonidas se agachó al otro lado de la mesa. Elias le dedicó una enorme sonrisa y cayó a medio camino del arreglo floral que había captado su atención. A cierta distancia, Maribel observó cómo se miraban. Elias no tenía miedo a nada y estaba lleno de vida. Leonidas solo tuvo que abrir los brazos para que Elias se riese y corriera hacia él, notando que se le ofrecía alguna diversión.

–Hombre –pronunció Elias con aprobación, ya que en su mundo no había ninguno.

–Papá –le contradijo Leonidas sin dudarlo, apoyando los hombros en el sofá que tenía detrás para que Elias pudiese trepar libremente sobre él.

Maribel abrió la boca para objetar algo y luego volvió a cerrarla. Leonidas levantó a Elias y lo sostuvo bocabajo por encima de él, y a Elias le encantó aquella maniobra. Maribel contempló realmente fascinada cómo Leonidas, al que jamás había visto hacer un movimiento poco elegante, jugueteaba sobre la alfombra con Elias. Se tendieron una emboscada el uno al otro en el sofá. Elias rodaba y se veía

lanzado, encantado de las manos robustas que le maneja-
ban. Sintiéndose de más, Maribel se sentó en el brazo de
un sillón. Pensó que sería el punto de conexión entre ambos, pero ni su hijo ni el padre de este necesitaban que los
animaran a conocerse el uno al otro y le asombró descubrir
a Leonidas relajado con el niño.

–Es increíble –dijo Leonidas finalmente–. ¿Qué hago
ahora con él?

Cansado de tanta excitación, Elias se había acomodado
sobre Leonidas.

–Está listo para irse a la cama.

–No hay problema –Leonidas se levantó de un salto–,
le he preparado una cuna arriba.

–¿Quieres que lo lleve yo?

–No, tengo que aprender a manejarme con él.

–Pues para ser alguien que no está acostumbrado al trato con los niños, lo haces muy bien –Maribel lo acompañó
por una larga y elegante escalera.

–Elias es distinto. Es mío.

En el dormitorio en que estaba la cuna había también
una niñera de uniforme que fácilmente podría aspirar a presentarse a un concurso internacional de belleza. Se trataba
de una rubia nórdica de uno ochenta de alto con una sonrisa perlada, que tomó a Elias en sus brazos y lo arrulló
mientras lo atendía con una eficiencia impresionante. Aun
así, a Maribel le consternó la velocidad con que Leonidas
había contratado a alguien para que cuidase de Elias, y se
lo dijo.

Leonidas se encogió de hombros.

–Tenemos que hablar. Elias tiene que dormir y necesita
que alguien lo vigile. Diane tiene unas referencias estupen-
das. Despégatelo de las faldas, *glikia mou*.

Maribel se sentía avergonzada:

–¿De veras es eso lo que piensas?

–Quiero compartir contigo la responsabilidad de criar a
Elias. Deja de preocuparte. Ya no estás sola.

–Pero sola me las he apañado muy bien.

Ignorando aquella réplica defensiva, Leonidas dejó descansar la mano delgada sobre su espalda y la condujo al final del rellano, donde un enorme ventanal ofrecía una impresionante vista de los jardines. Él sabía con exactitud lo que estaba haciendo y estaba decidido a obtener su consentimiento. Si todo iba según sus planes, Elias volaría con él a Grecia al día siguiente y presentaría a su hijo a la familia.

–¿Qué te parece Heyward Park?

–¿Este sitio? –frunció el ceño atribulada–. Es... es magnífico.

Leonidas la giró hacia él. La súbita intimidad que flotaba en el aire la pilló por sorpresa y se ruborizó, consciente de su proximidad. El brillo dorado de sus increíbles ojos negros resplandeció sobre su rostro.

–Me gustaría que Elias y tú os vinieseis a vivir aquí.

Desconcertada por aquella repentina proposición, Maribel se quedó inmóvil mientras sus pensamientos se agolpaban en su cabeza intentado adivinar qué querían decir exactamente aquellas palabras. Pero solo había una interpretación posible: ¡Le estaba proponiendo que se fuera a vivir con él! ¿Qué podía ser si no? Leonidas solía comportarse como si los asuntos de mayor importancia fuesen meras banalidades. Tendía a minimizarlos con una frialdad que pocos lograrían igualar.

–Leonidas… –intentó decir, pero le falló la voz, que se desvaneció en el silencio.

–¿Por qué no? –murmuró Leonidas suavemente, con los ojos puestos en ella mientras le peinaba hacia atrás el pelo con dedos suaves.

Su respiración agitada comenzó a resonar en su garganta. Él jamás había convivido con una mujer, y ella era muy consciente de ese hecho, tanto como los periódicos y revistas que publicaban sin cesar historias sobre la frialdad con que ponía fin a sus relaciones y mantenía su vida de soltero. Pero nadie había tenido en cuenta en qué medida la llegada de un niño podía afectar a la actitud mental de un Pallis.

–Me has pillado por sorpresa.

–No discutiremos más –su boca se curvó en una amplia sonrisa al ver que ella levantaba la vista para mirarlo con ojos ansiosos–. Aprecio tu generosidad.

El corazón le latía tan deprisa que parecía querer salírsele por la boca. Le había pedido que se mudase allí únicamente por Elias. En esos términos, no podía aceptar, no podía. ¿Es que no tenía orgullo?

–Y también te aprecio mucho a ti, *glikia mou* –indicó Leonidas, como si pudiese leer sus pensamientos. Inclinó la cabeza y ella sintió su respiración rozándole la mejilla–. *Se thelo…* Te deseo.

Conmovida por aquella segunda afirmación, Maribel parpadeó confundida. Todo era demasiado precipitado, pero Leonidas era una persona muy decidida y actuaba deprisa. Se dijo a sí misma que sería estúpido esperar que un hombre tan poderoso como él se comportase como los demás. El leve aroma familiar de su colonia despertó en ella una oleada de recuerdos íntimos. Se sentía débil, traviesa. Una vocecilla interior le advertía que debía apartarse de él, pero ella la ignoró, seducida por la intuición de lo que vendría después. Él la hacía sentirse bien, sentirse atractiva. Con él, dejaba de ser la Maribel formal y juiciosa, y no estaba dispuesta a cambiar aquella sensación ni por todo el oro del mundo. Era una locura. No la había visto en dos años y ya la estaba invitando a irse a vivir con él.

–¿Estás pensando en abofetearme? –dijo Leonidas. Presionó con boca experta el pulso que latía en su cuello y a ella casi le fallaron las rodillas.

Curvó los dedos alrededor de sus solapas para ayudarse a mantener el equilibrio e inclinarlo hacia ella. Él dejó escapar una risilla seductora y empezó a jugar con su boca. No podía respirar de la excitación, no podía pensar. El tiempo quedó detenido mientras su corazón latía con fuerza. Él deslizó la lengua entre sus labios en una zambullida sensual que le hizo sentir una punzada entre los muslos. La vocecilla que tenía en su cabeza empezó a dar saltos y a gritarle que se detuviese, que no fuese estúpida, que acabaría sufriendo otra vez. Pero no pudo resistir la tentación. Sus dedos desobedientes se introdujeron en su pelo y lo mantuvo pegado a ella mientras lo besaba apasionadamente.

Leonidas la tomó en brazos con más prisa que ceremonia, dispuesto a aprovechar el momento. A ella se le cayó un zapato y se echó a reír. Era todo pasión y alegría, y a él le encantaba verla en ese estado. Le había sabido a poco la noche que pasó con ella, porque había puesto una almohada en el centro de la cama y le había amenazado con chillar si intentaba volver a traspasarla. Mientras la llevaba a la cama, se sintió satisfecho al ver que había ganado aquella mano, ya que no creía del todo que ella accediese a sus planes. El noventa y nueve por ciento de las mujeres le hubiese arrancado el brazo en sus ansias por darle un sí, pero Maribel abordaba las cosas portando un listado de requerimientos. Y además estaba su veta de mujer chapada a la antigua, y cuando se cerraba en banda, no había forma hacerle cambiar de idea.

En algún sitio se oyó cómo se cerraba una puerta y Maribel tuvo que volver a abrir los ojos. Él la dejó sobre una alfombra suave y sedosa. Arrojó lejos el otro zapato y respiró agitada cuando él dejó de devorar su boca, ahora enrojecida. Él se puso a desabrocharle la chaqueta de algodón. Sumergió los dedos en su pelo y le echó hacia atrás la cabeza.

–Mírame –le instó–. He esperado mucho tiempo para volver a tenerte en mi cama.

Alzó las pestañas, mostrando sus ojos aturdidos. Igual que en aquella ocasión, hacía más de dos años, en que arrojó sus principios a la basura, todo estaba ocurriendo demasiado deprisa para ella y sus dudas se apilaban casi a la misma velocidad. Él mordisqueó su labio inferior, lo que le provocó una tensión deliciosa. Pero aquel diminuto y placentero dolor la devolvió al mundo real y murmuró febrilmente:

–¿No deberíamos estar hablando de lo que has sugerido?

–Luego...

–Pero... ¿no sería un paso demasiado grande para ti? –preguntó Maribel, preocupada.

–Ne... sí –confirmó Leonidas farfullando en griego, incómodo con el tema y decidido a no entrar en él a menos que le obligasen. Había planeado conseguir su aceptación poniendo en juego toda su astucia y disimulando cualquier obstáculo.

–¿Estás seguro de esto? –susurró Maribel sin despegar los ojos grandes y ansiosos de su bello rostro.

–Totalmente.

–Pero yo soy tan mediocre... –dijo Maribel en voz baja, incapaz todavía de creer que él estuviera dispuesto a ofrecerle más de lo que nunca hubiera soñado.

–*Filise me...* Bésame –pidió Leonidas, logrando con paciencia que ella separase los labios para que su lengua se introdujese sinuosamente en el sensible interior de su boca, haciéndole perder el control. Una irresistible sensación hizo que Maribel se estremeciese y dejase escapar un leve gemido.

Cuando Leonidas la soltó, ella temblaba. Sin saber qué hacer, dudó mientras le desabrochaba el sujetador. La última vez llevaba encima dos copas de vino, un montón de sentimientos turbulentos y una sensación de temeridad que lograron llevarla al punto de tener una relación íntima con él. Pero la culpa y el embarazo no deseado le habían granjeado un miedo instintivo a la desvergonzada que llevaba dentro y, cuando sus pechos cayeron liberados de las copas de encaje, un gruñido de aprobación masculina tiñó de rojo sus mejillas.

–Eres muy hermosa, *mali mou*.

Maribel se sentía aún terriblemente insegura de sí misma. Pero cuando él la acarició con sus fuertes manos, una inevitable reacción física la envolvió, haciendo que sus pensamientos se parasen en seco. Él moldeó la firmeza cremosa de sus pechos y rozó los sonrosados pezones que los coronaban. Cada caricia le provocaba pequeños estremeci-mientos y un nudo aterciopelado de calor y expectación se desató en su vientre. Cuando jugó con sus tiernos pezones, introduciéndoselos en la boca para incitar su exuberancia y dureza, una tensión deliciosa se apoderó de ella hasta ha-cerla jadear, desarmando su cuerpo y provocándole hormi-gueos de placer.

—No imaginaba que este día acabaría siendo así —confe-só vacilante, y finalmente una especie de asombro floreció en su interior y se transformó en alegría.

Al ver sus preciosos ojos brillar como el fuego, Leoni-das la echó lentamente sobre la cama.

—Deja volar tu imaginación. Este día y todos los demás pueden ser lo que quieras que sean en este momento, *mali mou*.

—Que se cumplan los deseos —susurró Maribel, acari-ciando con la mano su muslo grande y fuerte.

—En este momento, mi deseo es ser muy dominante y que te tumbes ahí y me dejes complacerte —dijo Leonidas en voz baja y áspera.

Él le levantó la falda en una maniobra lenta, erótica, y le separó suavemente las piernas. Ella sintió que se derretía como la mantequilla frente a una antorcha. Mucho antes de que él pudiese alcanzar la calidez dulce y húmeda que ha-bía entre sus piernas, su excitación había llegado a su punto máximo. Clavó sus ojos lánguidos y violetas en aquellas facciones oscuras y marcadas y alcanzó a decirle:

—Esta vez, me limitaré a tumbarme aquí y me pensaré lo de vivir contigo.

Leonidas percibió el desastre que se avecinaba y casi juró en voz alta hirviendo de frustración. Una cosa era evi-tar los detalles, pero no le era posible mentir. Rodó hacia un lado y la inmovilizó bajo su muslo.

—No viviremos juntos —murmuró—. Vivirás aquí con Elias y yo me quedaré aquí cuando venga a visitaros.

—¿Visitarnos? —Maribel sintió que se quedaba helada

para protegerse de la inmensa oleada de dolor que amenazaba con hacerle perder la calma. Su sentido del rechazo estaba agudizado, pero no se parecía en nada a la humillación a la que se veía sometida. Era como si la abofeteasen con su propia estupidez, porque él no deseaba en absoluto vivir con ella, simplemente pretendía alojar al niño en una residencia de lujo en la que poder visitarlo a conveniencia y disfrutar de vez en cuando del sexo con la madre de su hijo. No le estaba ofreciendo de ningún modo algún tipo de compromiso con respecto a un futuro compartido. Cerrando los ojos con fuerza, intentó liberarse de él.

–No… no, ¡no volverás a huir de mí! –bramó Leonidas, agarrándole las manos y sujetándolas sobre su cabeza con una de las suyas para evitar que se moviese–. Cálmate.

–Estoy tranquila –dijo Maribel.

–Lamento haber provocado que me malinterpretaras.

–Suéltame –dijo entre dientes.

–Podría pasar algunos fines de semana contigo. Incluso podríamos pasar juntos unas vacaciones de vez en cuando. –dijo Leonidas, sujetando con su peso aquel cuerpo que luchaba por liberarse–. Estaría muy bien. Sería un arreglo muy práctico.

«Práctico». Aquella palabra descorazonadora agotó la última gota de la esperanza que ella pudiese albergar.

–Si no dejas que me levante, gritaré.

Leonidas hubiese preferido un grito a la frialdad de su rostro y lo inexpresivo de su voz. Se apartó de ella con mucho esfuerzo.

Cubriéndose el pecho con el brazo y, bajando la vista para ocultar unas lágrimas que le quemaban como el ácido bajo los párpados, dejó la cama, recogió su ropa y se dirigió al baño.

–Te agradecería que me esperases abajo.

–*Theos mou*… ¿por qué estás siendo tan poco razonable? –preguntó Leonidas, saltando enérgicamente de la cama–. ¡Cualquiera diría que te he insultado!

Y entonces Maribel estuvo a punto de perder los nervios. De haber tenido algo a mano, lo habría agarrado y se lo habría arrojado con intención de alcanzarle. Por suerte, allí no había nada, así que cerró la puerta tras ella y se quedó inmóvil y con la vista perdida. ¿Cuándo aprendería a mantener las distancias? Solo una idiota habría creído que Leonidas Pallis le estaba ofreciendo una relación seria. Los ojos le escocían, y reprimió las lágrimas con todas sus fuerzas. Había estado a punto de acostarse de nuevo con él. «Concéntrate en lo positivo», se dijo, «no en tus errores». No podía permitirse dejar fluir sus emociones. Tenía que volver a enfrentarse con él: aún tenía que resolver cómo dos personas tan distintas, una de ellas un millonario dominante, egoísta y malcriado, podrían criar juntos a un niño.

Leonidas se giró en el momento en que Maribel entró en el salón, pero antes de que pudiese decir nada, ella le dijo:

—Concentrémonos en Elias.

—*Theos mou*, Maribel...

—Es el único asunto que tenemos que tratar. Deberíamos evitar temas más personales.

Leonidas le dedicó una respuesta fulminante:

—Elias no es ningún asunto.

—Elias es la única razón por la que sigo en esta casa hablando contigo —confesó Maribel entrecortadamente.

—Muy bien —apretó la mandíbula—. Quiero una prueba de ADN, y no porque dude de que Elias es hijo mío, sino porque no quiero que nadie ponga en duda que es un Pallis.

—De acuerdo —concedió Maribel.

—También me gustaría que me permitieses cambiar su certificado de nacimiento para que lleve mi nombre.

—Si lo consideras necesario... —aunque Maribel se sentía destrozada por lo que había pasado entre ambos, hizo lo imposible por ocultarlo. Pero comportarse con normalidad era todo un desafío, ya que solo mirarle a la cara le hacía daño—. ¿Algo más?

—Mañana tengo una boda familiar en Atenas —le informó Leonidas–. Me gustaría que Elias y tú fueseis mis invitados. Había pensado presentárselo a los míos.

Maribel se puso tensa, defendiéndose de la forma que había intentado evitar:

–No podemos ir. Entre otras cosas, porque trabajo mañana.

–Entonces me llevaré a Elias y a la niñera –negoció Leonidas sin dudar. Y ella se dio cuenta, no pudo evitarlo, de lo rápidamente que prescindía de ella como acompañante.

–Es demasiado pequeño para separarse de mí y no estoy dispuesta a dejar que lo saques del país si no es conmigo. Lo siento, pero así son las cosas por el momento –le dijo Maribel, entrelazando las manos al ver la tensión de sus facciones–. Intentaré ser razonable con otras cosas–, pero te pediría que te lo pensaras dos veces antes de decirle a la gente que tienes un hijo.

–¿También tienes problemas con eso? –contestó Leonidas, haciendo palpable su enfado.

–Preferiría que lo mantuvieras en secreto el máximo tiempo posible, porque llamaría la atención de la prensa y de la opinión pública y eso dificultaría muchísimo mi vida con Elias.

–Por eso precisamente te sugerí que vinieses a vivir aquí, porque tu seguridad quedaría salvaguardada.

–No necesitaremos seguridad alguna si mantienes en secreto tu relación con Elias. Te agradecería mucho que permitieses que mi vida siguiese siendo como siempre ha...

–Eso ya no es posible.

–No estás siendo justo conmigo –protestó ella.

–Hace menos de media hora, y por la oferta adecuada, estabas dispuesta a renunciar a la intimidad de tu vida, tu trabajo y tu hijo –le recordó Leonidas con énfasis burlón.

Maribel palideció ante la crueldad de aquella afirmación. El malentendido la había hecho sentirse muy avergonzada, y el coraje era lo único que le permitía mantenerse en pie.

–¡Tonta de mí –susurró con desdén– por creer, aunque

fuese durante cinco minutos, que te comprometerías de ese modo con Elias o conmigo! Ni siquiera reconoces que estoy intentado ser generosa…

–¿Generosa? –Leonidas levantó las manos para mostrar su enérgico desacuerdo–. ¿Cuando pones pegas a que me lo lleve a Grecia? ¿Eso es ser generosa?

–¡Tienes suerte de que siga aquí después de la sórdida proposición que me has hecho!

–No era sórdida. Por supuesto, preferiría que mi hijo viviese de una forma más ajustada a su posición social. Quiero cuidar de los dos.

–No, no es así. Quieres poder jugar a ser padre cuando gustes a costa de mi libertad, y, sí, claro, tener sexo de vez en cuando. ¿Para mantenerme contenta acaso? ¿O para evitar que siguiese mirando a mi alrededor el tiempo suficiente como para encontrarle a Elias otro padre? –preguntó asqueada–. ¿Era una estrategia o solo pretendías acostarte conmigo? ¿Ibas a acostarte conmigo porque podías hacerlo?

Aquellas ofensas sobre padres adoptivos y seducciones hicieron que una furia ciega se apoderase de él.

–Te he ofrecido más de lo que jamás ofrecí a ninguna mujer –pronunció Leónidas con desdén, indignado ante aquella ofensiva.

–Pero no un tipo de promesa que pudiese coartar tu libertad. Y sin eso, se convierte en una oferta podrida, asquerosa. Elias necesita afecto y responsabilidad. Lo siento, pero eso no se puede sustituir con métodos fáciles ni arreglos rápidos. ¿Crees realmente que una relación esporádica con la madre de tu hijo le iba a proporcionar un hogar estable y feliz? No duraría ni cinco minutos, y al terminarse, Elias sufriría mucho. No puedes comprar tu acceso a él a través de mí.

El desagrado endureció las bronceadas facciones del magnate griego. Sus ojos oscuros y profundos parecían hielo negro.

–Te pedí que no convirtieses esto en una batalla, porque cueste lo que cueste la ganaré.

Como no había dejado espacio para la duda, Maribel recibió aquella afirmación como un cubo de hielo deslizándose por su espalda hasta asentarse en su estómago, provocándole náuseas. El miedo a perder a su hijo se apoderó de ella, y con él llegó una furia ciega al ver que se atrevía a asustarla de aquel modo.

–¿Y te preguntas por qué ni siquiera me planteo la posibilidad de permitir que te lleves a Elias a Grecia? ¡Olvídate de la prueba de ADN y de cualquier cambio en su certificado de nacimiento! –le dijo con vehemencia–. Acabas de garantizar que obstruiré cualquier derecho que pretendas ejercer sobre Elias.

Leonidas montó en cólera. Caminó hacia ella. El frío de su mirada era una temible señal de advertencia.

–No permitiré que me mantengas apartado de mi hijo. Es una locura que te enfrentes a mí de esta manera. Esperaba mucho más de ti.

Obstinada ante su intimidación, Maribel se mantuvo firme, y lo miró con furia.

–Tengo que admitir que estoy recibiendo más o menos lo que esperaba de ti. No has cambiado nada.

–Pero aún me deseas, *glikia mou* –contestó Leonidas suavemente–. Tendría que haberme dado cuenta de que tu docilidad sexual vale mucho más. ¿Hasta dónde llega tu ambición?

Aquella insolencia en estado puro hizo que sus manos empezaran a hormiguear con incipiente violencia.

–¿Qué quieres decir?

–¿Por qué no pones tus cartas sobre la mesa? ¿Esperabas que te pidiese que te casaras conmigo?

Una crispada risa de disconformidad brotó de la garganta de Maribel.

–¡No! No vivo en las nubes. Pero debo confesar que solo un anillo de bodas me convencería de que puedo confiarte a mi hijo.

Leonidas le lanzó una terrible mirada de desdén.

–Y eso es un hecho, no una sugerencia –le dijo Maribel

nerviosa–. En este momento soy muy consciente de que
podrías utilizar tus influencias y tu dinero para presionar-
me, pero no me dejaré intimidar. Dejaré que veas a Elias,
pero eso es todo. No confío en ti, así que no te daré la oportunidad de apartarlo de mí. ¡No le quitaré los ojos de encima ni cinco minutos cuando tus empleados o tú estéis cerca!

Aquellas promesas enardecieron a Leonidas. Era un
adulto responsable y Elias era su hijo. La actitud de ella le
indignó.

Alguien llamó a la puerta, interrumpiendo la conversación. Era Diane, la niñera, con Elias. Soñoliento y quejoso
después de despertarse en una habitación extraña, el niño
extendió los brazos hacia su madre.

–Mouse… Mouse –refunfuñó lloroso, buscando la seguridad de su mascota.

–Después verás a Mouse –lo tranquilizó Maribel, aco-
giéndolo en sus brazos.

–¿Es un juguete? –preguntó Leonidas.

–El perro.

–Deberías haberlo traído.

Maribel no dijo nada, pero estuvo a punto de exhalar
un suspiro. Leonidas era un Pallis y desde que nació lo habían acostumbrado a que sus deseos se cumpliesen de inmediato. La gente se desvivía por agradarle y satisfacerle.
No era así como ella deseaba que creciese Elias.

–Le enseñaré las cuadras –dijo Leonidas con frialdad–.
Disfrutará viendo los caballos.

Maribel negó con la cabeza mirando hacia otro lado.

–Quiero irme a las seis. El trayecto es largo.

Elias se retorció hasta que ella lo dejó sobre la alfombra. Salió disparado hacia Leonidas y le tendió los brazos
para que lo levantase. Una vez en sus brazos, rio encantado. Y aunque Maribel sabía que era absurdo, se sintió re-
chazada y dolida.

Capítulo 5

LEONIDAS contempló la vieja granja desde su helicóptero mientras sobrevolaba el tejado para aterrizar en el prado anejo. Hacía un día desapacible, húmedo y ventoso, y él se encontraba de mal humor. Había pasado un mes desde su discusión con Maribel en Heyward Park.

Desde entonces, Leonidas había visitado a Elias dos veces por semana, pero aquello le había supuesto muchas complicaciones a la hora de planificarse y solo había conseguido pasar un par de horas con él en cada visita. Las idas y venidas a la aislada granja de Maribel entrañaban muchos inconvenientes e incomodidades. Sin embargo, no se había quejado en ningún momento, mostrando una cortesía y consideración propias de la paciencia de un santo.

Aun así, Maribel lo evitaba durante las visitas, lo que había hecho imposible un mayor entendimiento entre ambos. Al mismo tiempo, los delicados esfuerzos de sus abogados por negociar un acceso más práctico y flexible siempre se habían topado con negativas por su parte. Pasado un mes, no había cambiado nada: solo podía ver a su hijo en la granja y no le estaba permitido llevárselo fuera. Estaba convencido de que Maribel esperaba que acabara hartándose y se marchara.

El ruido del helicóptero sacó a Maribel de la ducha, empapada y desnuda. Envolviéndose en una toalla, bajó corriendo las escaleras y vio que la luz del contestador automático parpadeaba indicando que alguien había dejado un mensaje. No perdió tiempo en escucharlo, porque era evidente que Leonidas había decidido aparecer en el último minuto y, por supuesto, ni se le había pasado por la cabeza que ella pudiese tener otros planes. Elias, que ya había aprendido que el sonido del helicóptero anunciaba la llegada de su padre, daba saltos como si Papá Noel estuviera a punto de descender por la chimenea. Ella volvió a subir disparada y se puso a cepillarse el pelo mojado mientras sacaba ropa del armario. Solo había logrado ponerse las braguitas cuando sonó el timbre de la puerta. Con prisa febril, empezó a ponerse los vaqueros. El timbre sonó dos veces más mientras ella tiraba de ellos hacia arriba para abrochárselos. Corrió al descansillo y gritó:

–¡Un minuto!

Elias protestaba junto a la puerta con la misma impaciencia que su padre. Ella se puso una camiseta y bajó corriendo y descalza.

–Gracias –enfatizó Leonidas con resignación.

Nerviosa por aquella visita tan inoportuna, Maribel cometió el grave error de permitirse mirarle directamente por primera vez después de un mes de estricta contención. Y aquella mirada imprudente la impresionó: él estaba guapísimo. Las gotas de lluvia brillaban sobre su pelo negro y su tez aceitunada. Bajo las pestañas centelleaban sus ojos oscuros, y su mandíbula marcada y su boca destacaban sobre la leve sombra de la barba. Su estómago le dio un vuelco.

–No te esperaba hoy, estaba en la ducha –farfulló, evitando por todos los medios enzarzarse en una sarta de reproches a última hora. «Déjalo, déjalo ya», se advertía a sí misma. «No lo mires y no le contestes».

–¿No te avisaron mis empleados?

–Hace solo diez minutos que he llegado a casa. Todavía no había comprobado si tenía mensajes.

–¿Y tu teléfono móvil?

–Olvidé ponerlo a cargar.

Mientras Maribel se giraba para cerrar la puerta él no pudo evitar fijarse el la curva erótica de sus pechos, moldeados a la perfección por una camiseta que se ajustaba a su piel húmeda dejando adivinar sus pezones. Su cuerpo fino y musculoso reaccionó con evidente entusiasmo. No podía quitarse de la cabeza la idea de que, si conseguía volver a acostarse con ella, todo sería perfecto.

Maribel observó a Elias trepando por la pernera del pantalón de Leonidas. Elias adoraba a su padre. Una vez en sus brazos, lo abrazó con sus bracitos regordetes y le cubrió la cara de besos. Era un niño muy cariñoso, pero Leonidas no estaba acostumbrado a aquellas muestras de afecto. La primera vez que Elias lo besó, se quedó rígido, pero ahora trataba de devolverle su afecto abrazándolo torpemente de vez en cuando. A Maribel le dolía ver aquello, porque sabía que Leonidas no tenía ni idea de cómo mostrarle su cariño, dado que él no lo había recibido de pequeño. Si alguien podía enseñar a Leonidas a amar a otro ser humano, aquel era sin duda su hijo, pero por desgracia, cuantos más indicios de apego veía desarrollarse entre ambos, más temía Maribel lo que Leonidas pudiese hacer en el futuro.

Ella no iba a permitirse volver a mirar a Leonidas porque estaba totalmente dispuesta a evitar cualquier reacción ante su presencia. Se recordó que tenía una cita, y que tenía que marcharse en una hora. Sloan era un chico atractivo, un buen partido, que trabajaba como ayudante de investigación y solo le llevaba dos años. Hasta la llegada de Leonidas, ella había esperado ansiosa contar con compañía adulta.

Mouse salió de debajo de la mesa gimiendo de excitación. Arrastrándose, se dejó ver golpeando ruidosamente las baldosas del suelo con la cola en señal de bienvenida. Una vez que hubo exhibido al completo su cuerpo gris y peludo, Leonidas le lanzó una recompensa. Mouse la engulló y dedicó una mirada perruna de adoración a su nuevo ídolo. Maribel tampoco creía que Leonidas hubiese prestado atención alguna a los perros con anterioridad, pero el caso es que, en cuanto supo lo importante que Mouse era para su hijo, preparó una ofensiva comestible para menguar el pánico que el animal sentía por los extraños. Y, como en la mayoría de retos que Leonidas había decidido asumir, no había tardado en alcanzar sus metas. Ella pensó tristemente que hasta los perros se dejaban sobornar.

–Tengo que hablar contigo –murmuró Leonidas, insistente–. No puedo quedarme mucho tiempo. Tengo que subir a un avión dentro de un par de horas.

–Pues estupendo, porque voy a salir –Maribel consiguió esbozar una fría sonrisa en su dirección, terriblemente consciente del más mínimo movimiento que él hiciese. Era tan elegante que atraía su mirada, antes incluso de notar su respiración y el tono profundo y atractivo de su voz–. ¿De qué crees que tenemos que hablar?

Leonidas adoptó una pose autoritaria junto a la chimenea.

–Tienes que confiar en que no voy a intentar apartarte de Elias.

–¿Cómo iba a hacer tal cosa? –consternada por su franqueza, Maribel se sinceró–. Jamás en tu vida has compartido nada, nunca has tenido que hacerlo. Siempre has sido lo único importante en todas tus relaciones. Los Pallis son así.

–Sé que debo compartir a mi hijo con su madre, no soy idiota –comentó Leonidas secamente.

–Pero yo no pienso hacer lo que tú quieras que haga. Tarde o temprano te convencerás a ti mismo de que tienes derecho a todo, más que a la mitad de tu hijo, y decidirás quitarme de en medio. Y encima te convencerás de que yo misma me he provocado esa desgracia por no comportarme razonablemente.

–¿De dónde has sacado la idea de que sabes lo que pienso, o lo que podría hacer? –preguntó Leonidas con desdén.

Y, la verdad sea dicha, se sintió desconcertado por la habilidad de Maribel para hacerle reaccionar de forma agresiva. Pero estaba indignado, porque ella se negaba a aceptar que con Elias él tenía un comportamiento que no era el suyo habitual. ¿Por qué seguía empeñada en ignorar el esfuerzo heroico y encomiable que hacía al anteponer los intereses de Elias a los suyos propios?

–De los siete años que llevo observando de cerca y de

lejos tu forma de actuar –le espetó Maribel con rudeza, debatiéndose entre impulsos contradictorios, ya que al detectar su franqueza y observar cómo se mostraba con Elias y cómo se reía y sonreía, le costaba negarle nada y mucho más vigilar cada uno de sus movimientos. Pero dos semanas antes, ella había tomado la precaución de ir a visitar a un carísimo abogado de Londres, que le había dicho que Leonidas tenía un poder y una influencia ilimitados y le había aconsejado que vigilase todo el tiempo a Elias, porque la ley podía servir de poca ayuda si se llevaba a su hijo a un país que no contase con acuerdos jurisdiccionales con el Reino Unido.

Leonidas la miró con sus ojos oscuros y profundos.

–Te daré mi palabra de honor de que no intentaré apartarlo de ti.

Enmarcados por unas frondosas pestañas, sus ojos ejercían un impacto asombroso: eran la clave de su poderoso y enigmático atractivo. Por mucho que ella intentara calmarlo, su corazón no dejaba de latir apresuradamente y su mirada quedaba atrapada en la suya a pesar del rubor que enrojecía sus mejillas.

–No puedo confiar en ti. Lo siento. No puedo. Él lo es todo para mí.

–Te necesita. Es un niño todavía, y lo entiendo –dijo Leonidas, caminando ágilmente hacia ella.

Maribel se puso tan nerviosa que empezaron a temblarle las rodillas.

–Pero no será un niño siempre, y no puedo seguir cambiando las reglas.

–Si insistes en marcar normas, las romperé o me las saltaré, *mali mou* –advirtió Leonidas, y sus ojos oscuros brillaron como el oro bajo sus pestañas–, es mi forma de ser.

–Pero tal y como comprobé aquella vez que te alojaste conmigo en la casa de Imogen cuando éramos estudiantes –susurró Maribel agitadamente, como un ciervo asediado por un león– eres perfectamente capaz de atenerte a las normas cuando te conviene.

–Puede que entonces tuviese miedo de que volvieses a abofetearme –la provocación de su sonrisa era una obra de arte erótico.

A ella se le secó la boca. Se estaba excitando, y aquello tensaba cada uno de sus músculos. Entonces se acordó de Sloan y volvió en sí, avergonzada y enfadada por su debilidad.

–Tengo que arreglarme. Tengo una cita.

El rostro de Leonidas se tensó, y frunció el ceño.

–¿Tienes una cita?

Todavía en retirada, Maribel asintió con la cabeza.

–Así que, si no te importa, volveré arriba y te dejaré aquí con Elias.

La atmósfera se volvió pesada, extremadamente tranquila.

–¿Te parece bien? –insistió Maribel, intranquila.

La piel bronceada de Leonidas se tornó pálida, y fijó su atención en un punto distante más allá de la ventana. Lo había pillado por sorpresa. Pero lo que le sorprendió aún más fue la oleada de indignación que lo inundaba.

–¿Quién es el tipo?

–Creo que eso a ti no te importa –dijo Maribel en un susurro.

Leonidas pensó en varias respuestas nada razonables. Volvió a sentirse insultado, como cuando ella lo rechazó. ¿Le había ocurrido eso antes con alguna otra mujer? Sus facciones se oscurecieron y tensaron. Se había sentido tentado de tirar de ella, atrayéndola hacia él. Se recordó a sí mismo que él nunca se mostraba celoso, pero al mismo tiempo pensó que Maribel era distinta. ¿Era comprensible que encontrara totalmente inaceptable la idea de que la madre de su hijo intimara con otro hombre? Elias le tiró del impermeable para llamar su atención. Leonidas tuvo que hacer un gran esfuerzo por poner interés en el tren de juguete que le mostraba. Pensó que el novio de ella pasaría el tiempo con su hijo, y aquello le dio una razón irrefutable para detestar la idea de que tal relación se produjese.

El silencio con que respondió a aquella respuesta tan desafiante dejó helada a Maribel, pero no quiso entretenerse en discusiones ni disculpas y salió corriendo a vestirse. En su afán por evitar a Leonidas, se pintó incluso las uñas para entretenerse más tiempo. Hasta que no oyó cómo el coche de Ginny aparcaba fuera no se apresuró a bajar las escaleras para abrir la puerta.

En cuanto reapareció Maribel, Leonidas miró hacia arriba y, en solo diez segundos, catalogó minuciosamente cuánto se había esforzado en prepararse para la cita. Decidió que había puesto más cuidado en arreglarse que con él, y su hostilidad hizo crecer la rabia que todavía bullía bajo su despreocupada apariencia. De hecho, ella llevaba perfume, el cabello castaño peinado en una melena que enmarcaba su boca rosa pálido, un top muy femenino de color pastel, las uñas pintadas de color melocotón, una falda de vuelo que dejaba al descubierto unas bonitas piernas y tacones altos.

–Te presento a Ginny Bell, mi amiga y vecina, que cuidará de Elias mientras estoy fuera. Ginny, este es Leonidas Pallis.

Al hablar Maribel fue cuando Leonidas se dio cuenta de la presencia de aquella mujer, y entonces se levantó en silencio. La señora que estaba junto a Maribel lo miraba como si no diera crédito a lo que veían sus ojos. Maribel observó cómo Leonidas ponía en marcha su encanto y cortesía naturales y se preguntó ansiosa por qué antes se había quedado tan callado. Cuando estaba disgustado, aquel silencio no era normal en él. Ginny se había quedado boquiabierta, y se puso a parlotear sin poder ocultar su estado. Leonidas enseguida supo que Maribel iba a una boda y que volvería tarde a casa, de modo que Ginny se quedaría a pasar la noche. Aquella información no mejoró su humor, ni el entusiasmo con que Maribel se apresuró a salir antes de que su acompañante pudiese abrir la puerta del coche y dejarse ver.

Leonidas se marchó cinco minutos después de la salida apresurada de Maribel, con el corazón lleno de una rabia que le consumía los pensamientos a cada segundo. Cuando se dirigía de vuelta al helicóptero, Vasos lo llamó a su teléfono móvil. Sus guardaespaldas, que habían estado vigilando la granja mientras él estaba dentro, se colocaron a su alrededor.

–Me han dado un soplo –le dijo su jefe de seguridad–, un periódico sensacionalista ha sabido sobre la doctora Greenaway y el niño. Todavía está a tiempo de utilizar su influencia para zanjar este asunto.

Los ojos de Leonidas centellearon astutos. Imaginó la granja asediada por los paparazis. La prensa se volvería loca: ¿Secreto heredero de la fortuna Pallis? No habría lugar en el que esconderse de la tromba de publicidad y especulaciones y Maribel tendría que acudir a él y pedirle ayuda. También iba a necesitar un lugar en el que alojarse ya que en su casa ya no estaría segura. Antes de darse cuenta, ya estaría echando raíces en Heyward Park, junto con Elias y Mouse. La satisfacción que le produjo aquella perspectiva eliminó la sombra que oscurecía su rostro.

–No quiero que se desmienta nada.

–¿Que no quiere? –Vasos se quedó atónito, ya que estaba muy familiarizado con la aversión de su jefe por el acoso incesante que la prensa ejercía sobre su vida privada.

–Utilizaremos la misma fuente para decir ciertas cosas, pero les demandaré si encuentro el menor indicio de sordidez en lo que se publique. La doctora Greenaway y mi hijo necesitarán además vigilancia y protección de ahora en adelante.

Después de referirse por primera vez a Elias como «su hijo», Leonidas volvió a deslizar el teléfono en su bolsillo. Sabía que aquello era una canallada, pero Maribel nunca lo sabría y no podía dolerle algo que ignoraba. Aquí lo que contaba era el resultado.

A altas horas de la noche, Maribel liberó sus doloridos pies de los zapatos, cerró la puerta con llave y subió sigilosamente la escalera.

Cansada y descorazonada, reconoció que había fingido cada una de las sonrisas que le había dedicado a Sloan. Desde el momento en que Leonidas había aparecido robándole su atención, sus posibilidades de pasarlo bien con Sloan se habían venido abajo, y se odiaba por ello. Pero la implacable atracción que le provocaba Leonidas había vuelto a desarmarla.

Mientras se metía en la cama, pensó que Imogen tampoco había logrado superar su relación con él y que perder el acceso a su selecto mundo había acabado con ella. Hasta las últimas semanas de vida de su prima, no supo que fue Leonidas quien la convenció para que ingresara en rehabilitación y que no solo le había pagado el tratamiento, sino también todas sus deudas. Y Leonidas había dejado de llamarla, pero solo cuando Imogen hubo abandonado dos veces el programa de rehabilitación.

La adusta reserva que había mostrado el día del entierro de Imogen fue para ella el indicio de que Leonidas sentía que lo estaban juzgando. Fue el mismo día en que se dio cuenta de que le resultaba muy fácil comprender a Leonidas, persona a la que otros encontraban absolutamente insondable. En el funeral, había notado además su aversión por los extraños que se acercaban para adularle y las mujeres que pretendían hablar con él, porque habían hablado varias veces y durante la conversación él había ignorado diligentemente a los demás.

Su tía le había pedido que fuese a vaciar y ordenar la casa de Imogen. Por entonces, ella ya tenía su propio apartamento, pero se había quedado muchas veces allí para cuidarla. De hecho, durante el último año, había empleado todo su tiempo libre en vigilar a su atribulada prima. Tras el funeral, se había sentido desolada y al entrar en la casa se la había encontrado totalmente desordenada: las hermanas de Imogen ya habían saqueado su armario y revuelto todas sus cosas, llevándose lo que se les antojaba y dejando que ella ordenase y dispusiese de lo que quedaba. Ella había recorrido aquella casa silenciosa y, al encontrarse con unas fotos, se había echado a llorar recordando buenos tiempos.

La llegada de Leonidas había sido un acontecimiento totalmente inesperado.

–Sabía que estarías aquí. Eres la única persona a quien Imogen le importaba de verdad –sobrio y espléndido con su traje y su abrigo negros, Leonidas había rozado suavemente con los nudillos el rostro empapado en lágrimas de Maribel y le hizo un gesto de reprobación–. Estás helada.

–Dejé mi abrigo en casa de mi tía y esta casa está muy fría.

Con ademán elegante y ceremonial, Leonidas se quitó el abrigo y se lo echó por los hombros. Hizo una seña a uno de los hombres que esperaba junto a la limusina y le dijo algo en griego. Mientras ella vacilaba desconcertada, encendieron la calefacción del salón.

–Deberías tomarte un coñac.

–Hace mucho que vaciaron el bar de la casa.

Leonidas dio otra orden. En diez minutos, ella estaba bebiendo a sorbos un coñac y calentándose por dentro y por fuera. Se sintió aún más desconcertada cuando él empezó a hablar del día que Imogen les había presentado. Parecía ser la única persona que entendía el profundo cariño que ella sentía por su prima.

–¿Por qué has venido? –preguntó finalmente Maribel.

–No lo sé.

Y ella vio entonces que él no era capaz de reconocer o entender el dolor o la pena que le habían llevado a presentarse en la casa de Imogen para hablar del pasado. Aquel día, ella se sintió conmovida al descubrir que Leonidas no comprendía sus propios sentimientos.

–Fue un impulso –añadió finalmente–. Te vi muy afectada en el funeral.

Más tarde, ella se dijo que el coñac que había bebido se le había subido directamente a la cabeza. Por supuesto, también había influido la alegría que le provocaba contar con toda la atención de Leonidas y el placer de sumirse casi por completo en la sensualidad de sus besos. Lo que no recordaba era cómo llegaron a la habitación de invitados, la que en otro tiempo había sido la suya. Nada pareció importar excepto el presente. Durante unas horas fugaces había descubierto la felicidad más intensa que había experimentado jamás. Pero a la mañana siguiente se sintió terriblemente asustada y demasiado susceptible. Aquella petición burlona de que le preparase el desayuno, como si tan solo hubiesen compartido una aventura casual, le dolió como la sal en una herida. ¿Pero había escarmentado entonces?

No, había salido corriendo a comprar comida, ya que en la casa no había absolutamente nada que comer. Pero era una mañana de niebla y, antes de llegar al supermercado, un coche chocó con ella por detrás. Estuvo varias horas inconsciente, hasta que despertó en la cama de un hospital.

Dos días más tarde, el timbre de la puerta despertó a Maribel. Creyendo que sería el cartero con algún envío especial, suspiró y salió de la cama. Mientras abría la puerta, el teléfono empezó a sonar. Quedó impactada al ver a un montón de personas que no había visto nunca antes atravesar el césped hacia ella gritando y agitando sus cámaras. Cerró la puerta de un portazo tan rápidamente que rompió un micrófono que le habían puesto delante.

Aturdida por la impresión, descolgó el teléfono.

–Soy Ginny. Me ha llamado mi hermana. ¡Elias y tú aparecéis en la portada de *The Globe*!

–¡Oh, no! –Maribel contempló horrorizada cómo un hombre se asomaba por la ventana del salón y se apresuró a correr las cortinas–. Tengo a una muchedumbre en el jardín. Deben de ser periodistas.

–Pasaré por allí. No creo que puedas traerme a Elias a casa esta mañana.

Alguien llamaba por la puerta de atrás. En cada ventana parecía asomarse una cara. Recorrió la casa cerrando frenéticamente cortinas y persianas. El teléfono volvió a sonar.

Era una periodista muy conocida que quería saber si Maribel deseaba vender su historia por una cantidad sustanciosa.

–Es que, según veo –comentó la periodista descaradamente–, Leonidas Pallis no te está ofreciendo los lujos que mereces.

Esa llamada fue seguida de otra de la misma clase, de modo que desconectó el teléfono. Elias se había escapado de la cuna y estaba sentado en lo alto de las escaleras esperando una tormenta de reproches maternales a cuento de su hazaña atlética. Sus ojos marrones y oscuros estaban encendidos de curiosidad, observando a su madre corriendo de un lado para otro en estado de pánico. Una mano golpeaba la estrecha ventana que había junto a la puerta principal y Maribel la ignoró, pero los nervios le hacían sentir náuseas. El alboroto formado a las puertas de aquella casa tan tranquila la aterrorizó. Seguramente Mouse sufriría un ataque de pánico en su caseta al ver a tanto extraño.

Se vistió a toda velocidad y se asomó por un lado de la cortina de su dormitorio. Se sorprendió al ver a tres hombres grandes y fornidos con trajes elegantes controlando a la muchedumbre y obligando a los fotógrafos a apartarse de la casa y quedarse en la carretera. Reconoció a uno de ellos: era del equipo de seguridad de Leonidas. ¿Cómo se habían presentado allí tan rápidamente? Y admitió compungida que se sentía agradecida por su presencia.

Mientras intentaba mantener a Elias quieto el tiempo suficiente como para ponerle los pantalones, su teléfono móvil se puso a sonar. Era Leonidas.

–Por lo que sé, la prensa te está acosando, *glikia mou* – murmuró con evidente compasión.

–¡Es una pesadilla! Pero tus hombres están ahí fuera apartándolos de puertas y ventanas, lo que es un alivio – confesó Maribel rápidamente, sintiéndose en deuda con él por primera vez en semanas–. Estoy impresionada con la rapidez con la que se han presentado aquí tus guardaespaldas.

–Los paparazis son muy insistentes. Te costaría mucho deshacerte de ellos. Es una noticia bomba.

–Por suerte, Ginny no tardará en llegar a recoger a Elias, y ahora cuento con la protección de tus guardaespaldas. Salgo a trabajar en media hora.

A Leonidas le sorprendió su ingenuidad. Como un trenecito sobre su única vía, Maribel se empeñaba en seguir su rutina diaria.

–Te seguirán hasta allí. Haré que te lleven. No quiero que conduzcas con todos esos tipos pisándote los talones.

–No, gracias por la oferta, pero tus guardaespaldas llamarían demasiado la atención –le dijo Maribel amablemente.

–Creo que te va a resultar muy difícil permanecer en tu casa. Sería buena idea que te mudases a Heyward Park.

Maribel se puso tensa.

–No soy de las que sale corriendo ante la primera señal de peligro, Leonidas.

–No puedes mantener a Elias encerrado y escondido permanentemente.

Al escucharlo, el rostro de Maribel se ensombreció y colgó el teléfono aún más preocupada.

Ginny llegó mientras daba de desayunar a Elias y puso un periódico sobre la mesa.

–Aquí está el artículo. Decidí comprar el periódico antes de venir. Deja que acabe yo de darle el desayuno a Elias. ¿De dónde han salido los gorilas?

–¿Quiénes? Ah, son los guardaespaldas de Leonidas.

–Debería haberlo adivinado. Son muy profesionales. Comprobaron quién era antes de dejar que me acercase a la puerta. Pero ahí fuera se ha armado la de San Quintín. No te envidio si pretendes ir al trabajo con los paparazis detrás de ti.

¡Un bebé millonario!, rezaba el titular. Maribel estaba demasiado ocupada leyendo el artículo como para contestar a su amiga. Abrió los ojos como platos al ver una antigua foto suya en una de las fiestas de Imogen. Se preguntó

cómo demonios la habían conseguido y, cuanto más leía, más confusa se sentía. En lugar de encontrarse con las mentiras horrorosas, medias verdades y errores que esperaba, comprobó que todos los datos sobre su vida eran correctos, incluso el detalle tan poco conocido de que su padre había sido un científico galardonado que había preferido el mundo académico a los beneficios económicos. A ella la describían como una confidente leal de Leonidas Pallis a la que hacía tiempo que conocía y elevó los ojos al cielo, preguntándose quién habría inventado semejante mentira. ¿Cuándo había confiado Leonidas en alguien?

—El artículo es correcto —comentó Ginny—. Es sorprendentemente educado y amable. Te describen como una mezcla de Einstein y mejor amiga de Leonidas.

—Es un desastre —murmuró Maribel cansinamente—. Jamás volverán a tomarme en serio en el departamento de Historia Antigua.

Su amiga le lanzó una mirada irónica.

—No subestimes el efecto que puede llegar a tener una relación tan cercana con uno de los hombres más ricos del mundo. Algunos de tus colegas te envidiarán horrorosamente y otros te harán la pelota. De todas formas, es hora de que te vayas a trabajar. Elias estará seguro aquí conmigo y con los hombres de Leonidas.

A Maribel le costó muchísimo salir de la casa y conducir rodeada de preguntas a gritos y cámaras apuntando hacia ella y disparando sus flashes. Cuando llegó al departamento, allí no le esperaba ningún periodista, pero una muchedumbre empezó a formarse a su alrededor antes de que pudiese subir las escaleras para dirigirse a su oficina. Hasta los conocidos se detenían y se le quedaban mirando, y ella odiaba cada segundo de atención que le prestaban. El grupo reducido de alumnos al que impartía clase estaba intranquilo debido a la cantidad de interrupciones que se sucedían y ella tampoco lograba concentrarse. Cuando salió de su despacho a mediodía, tuvo que abrirse camino hasta el coche, que estaba rodeado de fotógrafos pidiéndole la oportunidad de hacerle una foto en condiciones. Para cuando logró alejarse de allí, las manos le temblaban sobre el volante y tenía la frente sudorosa. El alma se le cayó a los pies cuando, al girar hacia la granja, vio que había más paparazis esperando allí que aquella mañana. Se sintió agradecida al ver que el equipo de seguridad de Pallis había despejado el sendero que llevaba hasta la casa.

Ginny seguía sentada en la penumbra, con las cortinas echadas. Mouse estaba dentro de la casa, pero en un estado lamentable, temblando y negándose a salir de debajo de la mesa. Elias yacía hecho un ovillo con el perro. Maribel lo tomó en sus brazos y lo abrazó.

–Estoy un poco extrañada –señaló Ginny–, porque les preparé un café a los guardaespaldas y, ¿qué crees que averigüé?

–Dime.

–Uno de ellos dejó caer que tenían instrucciones de venir a trabajar aquí desde ayer.

Maribel escuchaba con atención a su amiga.

–Pero eso no es posible.

–Alguien debía saber por adelantado que esta historia iba a salir a la luz. Los hombres de Leonidas estaban preparados y esperando que estallara el asunto.

Maribel se quedó callada. Era como si los circuitos de su cerebro se estuviesen conectando para mostrarle algo inesperado. Dentro de su cabeza empezaron a saltar todas las alarmas. Había demasiadas cosas que no casaban en los sucesos recientes, y se vio obligada a reconsiderarlos uno por uno. Leonidas se había mostrado muy afable ante la invasión de paparazis, y tremendamente diplomático y modesto al sugerir que debería pensar en mudarse a su mansión. La afabilidad, el tacto y la humildad no eran características propias de los Pallis. Además, la información privada que sobre ella aparecía en el artículo resultaba asombrosamente correcta y estaba escrita con una benevolencia inusual. La sospecha de que Leonidas lo sabía todo de antemano e incluso se había permitido acabar con su anonimato le pareció atroz, pero le provocó una furiosa indignación y una necesidad imperiosa por conocer la verdad y despejar toda duda al respecto.

—Ginny… ¿te importaría quedarte aquí sola con Elias hasta la tarde? —preguntó Maribel tensa—. Necesito ver a Leonidas.

Capítulo 6

MARIBEL se encontraba en el ascensor privado que llevaba a la oficina de Leonidas en el edificio Pallis cuando sonó su teléfono móvil. Era Hermione Stratton, y su tía estaba fuera de sí.

–¿Es cierto eso de que Leonidas Pallis es el padre de tu hijo? –preguntó Hermione con voz furiosa y descreída.

Maribel se estremeció; siempre había temido que iba a molestarse mucho al enterarse.

–Mucho me temo que sí.

–¡Eres una bruja ladina e intrigante! –la acusó su tía con voz estridente–. Es imposible que él te deseara. ¡No le llegas ni a la suela del zapato a Imogen ni en aspecto ni en personalidad!

Aquellos insultos de su pariente más cercana dejaron a Maribel deshecha.

–Lo sé –respondió con brusquedad–, siento el daño que todo esto pueda causarte.

–¡No me hagas vomitar! ¿Por qué habrías de sentirlo? ¡Ese niño debe valer una fortuna! Has sido una chica muy, muy lista.

–Creo que lo que he sido es bastante estúpida –le contradijo su sobrina en voz baja y dolida–. Yo no lo planeé. No esperaba que mi vida acabara siendo de este modo.

–¡No te atrevas a volver a dirigir la palabra a ningún miembro de esta familia! –advirtió la mujer, furiosa–. En lo que a nosotros respecta, de ahora en adelante estás muerta.

Al escuchar aquellas palabras tan duras, Maribel palideció. Había albergado la esperanza de que el tiempo acabaría por suavizar la actitud de su tía hacia su hijo y ahora comprobaba que era del todo imposible. El ascensor se abrió a un vestíbulo privado. Un asistente la condujo hasta un enorme despacho y le informó de que Leonidas se reuniría con ella en cuanto terminase su reunión vespertina. Las ventanas eran muy altas y ofrecían unas vistas impresionantes de la City de Londres, con luces que parpadeaban con el trasfondo de una rojiza puesta de sol. El mobiliario era moderno y elegante, pero por encima de todo, era un espacio de trabajo práctico y bien diseñado. Leonidas nunca mezclaba los negocios con el placer. Seguramente se molestaría al ver que se había presentado sin más en su imperio empresarial.

–Maribel… –delgado y espléndido, vestido con un traje gris de raya diplomática animado por una corbata roja, Leonidas mostraba una extraña expresión preocupada. Con un movimiento desconcertante, atravesó la habitación y la tomó de las manos–. Debías haberme dicho que querías verme. Habría enviado el helicóptero para que te recogiese. ¿Cómo estás?

Ella reconoció abstraídamente que él era un tipo con clase, de esos que siempre tienen la palabra adecuada para cada ocasión. Al toparse con sus ojos oscuros se sintió completamente mareada. Como de costumbre, él estaba impresionante y la hacía despegarse de la realidad, la dejaba sin aliento, al borde de emociones tan lascivas y maravillosas que no podía evitar pensar en ellas sin ruborizarse. Aun así, solo tuvo que pensar en su hijo para que se enfriase el corazón al devolverle la mirada.

–Te muestras agradable porque piensas que has ganado. Crees que he venido corriendo hasta aquí para que me ayudes, ¿no es así? –dijo Maribel con voz temblorosa por la rabia que carcomía su orgullo herido.

–¿No es eso para lo que estoy aquí? –Leonidas la observó con tranquilidad y satisfacción, porque no podía pensar en nada más apropiado que el hecho de que ella le pidiese y esperase su ayuda. Le enfurecía comprobar lo independiente que podía llegar a ser en situaciones de crisis–. Has tenido un día muy duro.

Maribel retiró sus manos de golpe, en un gesto de rechazo.

–¿No es así como lo habías planeado?

Él frunció el ceño.

–Por supuesto que no.

–Pero fuiste el instigador de la historia que apareció en *The Globe* –le lanzó Maribel sin detenerse siquiera a tomar aliento–. Ha sido cosa tuya. ¡No te atrevas a mentirme!

Mostrando un aplomo inquietante, Leonidas se apoyó con gracilidad en la mesa de su despacho.

–Nunca te he mentido.

Maribel se giró, alejándose de él, incapaz de pronunciar una palabra debido a su indignación. Pero incluso dándole la espalda podía sentir su atracción. Nadie podía estar cerca de Leonidas sin sentir el alcance de aquella fuerza y poder.

–El artículo del periódico era demasiado minucioso. Todos los datos eran correctos y no aparecía ninguna revelación escandalosa.

–No hay escándalos en tu vida –indicó Leonidas con amabilidad–, aparte de mí mismo.

El enojo y la sospecha habían llevado a Maribel hasta Londres para enfrentarse a Leonidas. Pero en el fondo, ella todavía albergaba dudas y pensaba que, a veces, una serie de coincidencias podían provocar una impresión equivocada. Pero ella lo había acusado y él no había pronunciado todavía ni una sola palabra en su defensa. Ni una sola palabra. En ese sentido, el significado de aquel silencio le producía una gran desazón.

–Tú lo planeaste y organizaste todo, estabas detrás de ese artículo sobre nosotros –susurró agitadamente–. Me cuesta mucho aceptar que puedas llegar a ser tan egoísta y destructivo.

Leonidas estaba decidido a no morder el anzuelo. Esperaba no mostrarse poco razonable: Maribel tenía derecho a sentirse ofendida y él estaba preparado para dejar que se desahogara. Sentía curiosidad por saber cómo lo había adivinado tan rápidamente, pero al mismo tiempo no le sorprendía en absoluto la velocidad con que lo había hecho. Abrió sus ojos negros como el ébano, estudiándola, admirando sus mejillas sonrosadas y la curva de sus labios carnosos. Mucho antes de llegar a contemplar sus pechos, sintió una tensión entre las piernas. Le desconcertó lo poco que había tardado en reaccionar.

–Los paparazis ya nos estaban siguiendo la pista –señaló.

–¡Pero si no hay nada entre nosotros! –respondió Maribel enfadada.

–¿Lo dices porque estás saliendo con otro? Y no me digas que eso no tiene nada que ver conmigo –le instó Leonidas–. Es muy importante dada la situación.

–En este momento no hay ninguna otra persona en mi vida –admitió Maribel a regañadientes.

–Te guste o no, estamos conectados a través de nuestro hijo –afirmó Leonidas manteniendo la misma calma–. ¿Por cuánto tiempo crees que podía seguir volando a ver a Elias sin llamar la atención? Era imposible mantener al niño en secreto indefinidamente, *glikia mou*.

–No estoy de acuerdo…

–Pero, con todos mis respetos, no sabes de lo que hablas. No vives en mi mundo. Es como una pecera llena de peces de colores. A pesar de mi equipo y de mis guardaespaldas, todos mis movimientos son vigilados y recogidos por la prensa rosa. A veces es más sensato tratar con ellos y controlar lo que publican. La alternativa suele ser una crítica feroz, y pensé que tratándose de ti y de mi hijo, lo más razonable era darle un giro y poner a funcionar mis relaciones públicas –Leonidas la contempló con inmensa calma–. Y me atengo a mi decisión.

Sus ojos violetas brillaron resentidos. No podía dar crédito a la excusa que había dado.

–¡Deja de tergiversar las cosas y de fingir que lo hiciste para protegernos! ¡No pensabas decirme la verdad y no parece que entiendas ni te importe el daño que has hecho!

Ante aquella acusación, tensó su mandíbula cincelada.

—Entiendo que estés enfadada.

—¿Igual que entiendes lo que me gusta que me nombres tu «confidente»? —respondió Maribel con desdén.

En sus mejillas no apareció el más mínimo indicio de enojo.

—Estás enfadada, pero mis intenciones eran buenas. No me avergüenzo de Elias. Es mi hijo y me siento orgulloso de él, y por lo tanto, me niego a ocultarlo.

Una risa fría y agitada escapó de los labios rosados de Maribel. Un inmenso sentimiento de amargura se iba apoderando de ella.

—¿Y nuestras vidas qué? Ese aspecto no te importaba, ¿verdad? Pero has destrozado mi intimidad y no tienes derecho a hacerme algo así. Todo el mundo sabrá que tuvimos una aventura de una noche y tú…

Leonidas avanzó, perdiendo la calma.

—*Theos mou*, lo que ocurrió aquella noche no fue nada de eso.

Maribel no le escuchaba.

—¿No tenías suficiente con que te permitiese ver a Elias? ¿Es que todo tiene que hacerse a tu manera?

—Os quería a los dos en mi vida de forma franca y honesta —le informó Leonidas abiertamente.

—Y como no tienes lo que quieres, te dedicas a jugar sucio —Maribel empezaba a temblar de rabia—. Lo único que has conseguido es demostrarme que tenía razón al no confiar en ti. Hemos acabado, del todo. Te di una oportunidad y la echaste a perder…

—Eres tú, y no yo, quien ha convertido esto en una disputa. Yo no pienso dejaros a ninguno de los dos.

—¡Llevas toda la vida huyendo de las mujeres y, justo en este instante, el hijo a quien dices querer tanto está escondido debajo de una mesa con el perro! —carcomida por la rabia, sus ojos brillaban llenos de lágrimas acusadoras—.

Elias no entiende por qué estoy tan triste, por qué no se pueden abrir las cortinas, por qué está todo a oscuras, por qué hay tanto ruido fuera o por qué no podemos salir a jugar como antes. Está asustado y molesto. Tú eres su padre, y eso es lo que le has hecho hoy.

El rostro bronceado de Leonidas palideció.

–¿Y por qué lo hiciste? –Maribel respiró con fiereza–. Porque eres un canalla arrogante, que siempre ha de salir vencedor. Pues muy bien: has perdido, Leonidas. Te has metido un gol espectacular en tu propia portería. No puedo confiar en ti. Ahora me da miedo. Eres una amenaza para mí y para mi hijo. Si quieres volver a verle, tendrás que casarte conmigo.

–¿De qué demonios estás hablando?

–¡Porque es el único modo de sentirme segura si accedo a que vuelvas a verle! No cuento con tus recursos ni con los contactos necesarios para enfrentarme a ti. Solo una esposa podría hacerlo en igualdad de condiciones. Y como ambos sabemos que eso es algo que nunca va a ocurrir, por favor, déjanos en paz. Con un poco de suerte, los paparazis acabarán por aburrirse y marcharse. No quiero vivir en un escaparate.

Leonidas quedó asombrado con su actitud.

–No puedes apartarme de vuestras vidas.

–¿Por qué no? Ya he visto lo que eres capaz de hacer con tus influencias y tu dinero. Tengo la obligación de proteger a mi hijo y no puedo competir contigo…

–¡Elias no necesita que lo protejan de mí! –Leonidas apretó las manos alrededor de las muñecas de ella para evitar que se alejase otra vez.

–¿Eso crees? ¿Qué clase de influencia ejercerías sobre él?

Maribel casi se echó a llorar, invadida por una mezcla de rabia y pena.

–Eres dueño de docenas de casas, pero nunca has tenido un hogar. Ni siquiera te impusieron normas siendo niño, hacías sencillamente lo que querías. Con diez años ya tenías un Ferrari en miniatura y una pista de carreras solo para ti. No puedes ofrecer ni enseñar a Elias algo que nunca te enseñaron.

–Si te trasladas a Heyward Park y dejas de ser tan terca y obstinada, *mali mou* –dijo Leonidas bajando la voz–, puede que aprenda. Suponiendo que tenga algo que aprender, y no estoy convencido de que sea así.

Sus ojos negros se hundieron en los de ella haciéndola callar. El llanto se le agolpaba en la garganta y una vorágine de emociones luchaba por escapar de su cuerpo en tensión. Ella nunca sería feliz amoldándose a un acuerdo de convivencia de aquella naturaleza. Él era una adicción que tenía que superar, no una adicción ante la que rendirse. Aunque adoraba a Elias, pensaba que hubiera sido más feliz si nunca hubiese conocido al padre de su hijo.

–Quiero que me devuelvas mi vida anterior. Quiero que lo dejemos definitivamente.

–No –introdujo los dedos en su melena castaña para inclinarle la cabeza hacia atrás y rozó con los labios y el filo de los dientes la suave piel de su cuello, haciendo que cada célula de su piel cobrase vida y una punzada aguda de placentero dolor se aposentara bajo su vientre.

Por un instante, Maribel deseó a Leonidas hasta el dolor. Una explosión devastadora de imágenes íntimas le hizo recordar el peso de su cuerpo fuerte y torneado sobre el de ella aquella noche en casa de su prima. Una pasión cuyo coste todavía estaba pagando. Enseguida le vinieron a la cabeza los insultos de su tía. ¿Hasta cuándo tendría que soportar aquello? Con lágrimas en los ojos, recuperó el control de sí misma y se apartó de él. Tenía la cara pálida y tensa.

–No –le dijo Maribel rechazándolo–. No me traes más que problemas.

Jamás ninguna mujer le había dicho a Leonidas algo así.

–Ya he dicho todo lo que tenía que decir –Maribel caminó hacia la puerta con un nudo en el estómago a pesar de su gélida apariencia–. Mantente alejado de nosotros. No te debo nada. Hace tan solo unas semanas no sabías de la existencia de Elias y vivías feliz y contento. Ojalá no hubieses venido a verme. Abriste la caja de Pandora.

Leonidas contempló con perturbadora intensidad el espacio vacío que Maribel acababa de ocupar hacía tan solo un instante. Había vuelto a dejarle. Otra vez. Una terrible frustración se apoderó de su cuerpo. Se había equivocado. Por completo. Por extraño que pudiese parecer, había cometido un error y estaba dispuesto a admitirlo. Pero, ¿por qué ella no dejaba de juzgarle, y lo que era peor, de encontrarle defectos, marchándose, negándose a comprometerse o tan siquiera a discutirlo con él? ¿Qué es lo que tenía que hacer para contentarla? Pensó, endureciendo la mirada, que si se trataba de un anillo de bodas, lo único que iba a conseguir sería sentirse decepcionada. ¿Qué clase de chantaje era aquel? Pero su rabia quedaba contenida por una imagen que no conseguía sacar de su cabeza: la de su hijo buscando refugio bajo la mesa junto a aquel patético perro. Se había metido un gol en propia meta y eso le irritaba. Pero lo que enardecía su rabia era la certeza de que no podría ver a Elias sin el consentimiento de Maribel.

A Maribel, la semana siguiente se le hizo eterna. Se encontró rodeada y acosada por los paparazis tanto en casa como en cualquier otro lugar al que acudiese. Pidió a la policía que no dejase pasar a la prensa más allá de la entrada del camino, pero aún temía sacar a Elias al jardín por si algún fotógrafo aparecía por detrás del seto o de la cancela. Además, se sentía atormentada ante el temor de haber sido injusta con Leonidas, que, después de todo, no había sido más que un niño descuidado por sus padres. Maribel pensaba que su difunta madre, Elora Pallis, desconocía lo que implicaba ser madre de un niño. Elora había sido hija única, la inestable heredera de la fortuna de los Pallis, y había acumulado cuatro matrimonios e innumerables aventuras antes de morir de un infarto en la treintena. Los incesantes escándalos y la adicción al alcohol y las drogas la convirtieron en una pésima madre para su hija, a quien tuvo cuando ella era todavía una adolescente, y su hijo, nacido tres años después. Leonidas no había sabido quién era su verdadero padre hasta después de su muerte. Había recibido muy poco amor, atención o estabilidad. Con catorce años, había acudido a los juzgados a separarse legalmente de su caprichosa madre y se había ido a vivir con su abuelo. Pero en tan solo tres años, tanto este como su madre y su hermana mayor habían fallecido, dejándolo solo. Y Maribel admitió que, desde entonces, Leonidas había estado solo. Al menos, hasta el día en que conoció a Elias.

Ocho días después del encuentro que habían mantenido en Londres, Leonidas entró en el despacho de Maribel, en el departamento de Historia Antigua, y la encontró preparando un horario.

–¿Leonidas? –preguntó totalmente desconcertada, levantándose rápidamente de su mesa abarrotada de papeles. El corazón le latía fuertemente porque había perdido los nervios desde que los paparazis habían empezado a perseguirla.

A pesar de la cara seria y la mirada fría de Leonidas, su impresionante atractivo le hizo perder el aliento.

–Si la única vía es el matrimonio, me casaré contigo.

Aquella descarga pilló a Maribel por sorpresa, ya que no esperaba que los acontecimientos se desarrollasen así.

–Pero si no hablaba en serio… Solo intentaba hacerte entrar en razón.

Leonidas se mostraba más adusto que nunca, impertérrito ante aquella alegación.

–Elias es un tremendo aliciente. Por supuesto, estoy sugiriendo que negociemos un acuerdo.

–Por supuesto –repitió ella, no muy segura de lo que decía, o de cómo se sentía, más allá de aquella sensación de irrealidad–. ¿Cómo puede ser un matrimonio un acuerdo negociado?

–¿Qué otra cosa podría ser si no? Quiero estar con mi hijo y quiero que lleve mi nombre. Quiero verlo crecer y no lo compartirás conmigo si no me caso contigo. Sé reconocer un trato cuando se me ofrece, *glikia mou*.

–Pero no es eso lo que yo pretendía. Solo quiero lo mejor para Elias.

Leonidas enarcó las cejas.

–¿Sí o no? No pienso pedírtelo dos veces.

Maribel pensó a toda prisa. Si se casaba con él, le otorgaría derechos legales sobre Elias, pero siempre estaría cerca para poner freno a cualquier exceso por su parte y podría vigilar a su hijo. Si la relación no funcionaba, al menos podría permitirse los servicios de un buen abogado. Todas esas consideraciones eran de tipo práctico, pero ¿qué pasaba con la cuestión personal? El acuerdo solo podía implicar una relación platónica entre ambos.

Aquellos que conociesen la legendaria frialdad y control de los Pallis se habrían sorprendido al ver que, en aquel preciso instante, Leonidas estaba a punto de perder los nervios. Había hecho lo que siempre había dicho que no haría: comprometerse en matrimonio. Una cazafortunas habría aceptado la oferta antes de que acabase de pronunciarla. Pensó que una mujer que de verdad lo quisiera le habría ofrecido una respuesta cálida y generosa. Pero ¿qué hacía ella en su lugar? ¡Pensarse la respuesta con el ceño fruncido!

Razonó arrepentida que casarse con un hombre que no la amaba y que seguramente la despreciaría por la forma en que se había casado con él no era precisamente un pasaporte para la felicidad. Iba a ser un camino pedregoso lleno de decepciones y sufrimiento. Pero, ¿qué tenía eso de nuevo? Por otra parte, si estaba destinada a no volver a amar a nadie nunca más, daba lo mismo si estaba con él o si no lo estaba. Cualquier matrimonio sería aquello en que ella lo convirtiese, ¿no? Era absurdo esperar que Leonidas hiciese alguna aportación constructiva al matrimonio. Sería como sacar a un león de su jaula y esperar que se comportase como un gato doméstico. Leonidas no tenía ningún modelo o referente positivo del matrimonio. No solo no tenía ni idea de lo que era, sino que además ella tendría que enfrentarse a la cruda realidad de que él no tenía intención alguna de cambiar.

–Sí –dijo Maribel con gravedad–. Me casaré contigo.

–¿Con reservas? –se burló él dulcemente.

–Con muchas –admitió ella sin dudar–. Soy una persona realista y tú una persona impredecible.

Leonidas la miró intensamente con sus ojos oscuros como cristales de hielo.

–Quiero que la boda se celebre dentro de tres semanas.

Maribel parpadeó:

–¿En tres semanas? Por lo que más quieras, Leonidas…

–Quiero quitármelo de encima cuanto antes. Mis empleados se encargarán de organizarlo todo.

Maribel mordió preocupada su labio inferior. «Quiero quitármelo de encima cuanto antes». Sabía todo lo que hacía falta saber sobre lo que Leonidas pensaba del matrimonio, así que aquello no afectó a su autoestima.

–Mañana me marcho a Nueva York –anunció Leonidas–. No volveré a Inglaterra hasta pasadas al menos dos semanas, porque tengo que ocuparme de unos asuntos. Si Elias y tú venís a Londres hoy mismo, podré pasar algún tiempo con él antes de mi partida.

–Sí… de acuerdo –no dudó en dar su consentimiento porque nunca se había sentido cómoda ante la idea de mantener separados a padre e hijo.

–Y pasarás la noche conmigo.

Ella abrió la boca para decir algo, pero se quedó en blanco y no le se ocurrió nada que objetar, así que volvió a cerrarla. Durante un segundo, ella pensó que aquello quería decir sencillamente que pasarían la noche bajo el mismo techo, pero había una luz en sus ojos que le advertía de que no iba a ser así, y esa conciencia hizo que se sonrojara.

–¿Así sin más?

–No pienso esperar a la noche de bodas –dijo Leonidas con desdén.

Pero Maribel se encontraba bastante confusa, ya que había entendido que él le proponía un matrimonio de conveniencia.

–¿Es que nuestro acuerdo negociado incluye… esto… compartir la cama?

–Considéralo una comisión, *hara mou* –dijo Leonidas con enorme suavidad–. Sé que una vez que te hayas acostado conmigo, no volverás a dejarme.

Maribel ocultó su mirada para evitar que viese grabada en ella su desconcierto. ¿Un matrimonio consistente en un acuerdo negociado... del tipo más íntimo? ¿Y por qué iba ella a echarse atrás? No acostumbraba a cambiar de idea en el último minuto. Seguramente por primera vez, cayó en la cuenta de que Leonidas tampoco confiaba en ella, y le sorprendió descubrir lo doloroso de aquel sentimiento.

Él le levantó la barbilla con sus dedos largos y bronceados.

–¿Estamos de acuerdo?

Tan ardiente como para sentir que se quemaba, Maribel asintió con la cabeza. Él le levantó la mano y ella contempló atónita cómo deslizaba en su dedo un impresionante anillo de rubíes y diamantes. Los rubíes brillaban resplandecientes.

–Si es esto lo que tengo que hacer, respetaré las convenciones –afirmó cortante–. Esto, como la boda, es pura formalidad.

Su afirmación acabó con cualquier emoción que ella hubiese podido sentir al recibir el anillo. Ni siquiera parecía un regalo personal, sino más bien algo que se le permitía llevar con el fin de guardar las apariencias.

–Me sorprende que te importen las convenciones.

–A ti sí te importan, y cuando me comprometo a hacer algo, lo hago como debe hacerse y cumplo mi parte del trato –fustigó con mirada aguda y curiosamente severa su rostro tenso y atribulado–. Espero que tú seas igual concienzuda a la hora de cumplir como esposa.

Sus ojos violeta centellearon ante aquel desafío, y reprimiendo su recelo murmuró:

–No dudo que no tardarás en avisarme si no lo hago.

Sin previo aviso, su boca esbozó una sonrisa de agradecimiento, eliminando por un instante su aspecto frío e inaccesible. Inclinó su cabeza y durante un segundo ella pensó que estaba a punto de besarla. Pero en lugar de eso, frunció el ceño y miró su reloj.

–El helicóptero irá a recogerte a tu casa a las dos.

Maribel asintió lentamente. Estaba tan asombrada ante la idea de casarse con él que se quedó totalmente aturdida.

–Todavía no puedo creer que esto sea real.

Leonidas respondió con mordacidad:

–Lo será muy pronto, pero te advierto que voy a ser un marido pésimo.

Ante su actitud, Maribel pensó que aquello era más que probable y se preguntó si aceptar había sido una idea descabellada. Después de todo, él solo estaba dispuesto a comprometerse por el bien de su hijo. La puerta se quedó abierta cuando salió, pero alguien la sujetó antes de que pudiese volver a cerrarse. Sus alumnos entraron en tropel. Ella dedicó una mirada al enorme anillo. Era exquisito. Pero se recordó obstinadamente que no significaba nada, decidida a no sucumbir a los estúpidos vuelos de su imaginación.

Capítulo 7

EL ático que tenía Leonidas en el centro de Londres le pareció enorme a Maribel. Un criado la guio a través de la enorme extensión de terrazo que cubría el suelo del vestíbulo hasta una zona de recepción todavía más grande. En la puerta, ella dejó a Elias en el suelo. Estaba adorable con sus pantalones de pana azul y una camisetita de algodón. Antes de que ella lograra ajustar la mirada a la enorme cantidad de luz que atravesaba los ventanales del otro extremo, Elias dejó escapar un chillido de emoción y se alejó corriendo de su madre.

–¡Papi! –gritó, y atravesó en unos segundos la habitación sobre sus fuertes piernitas.

Con una indumentaria elegante e informal, consistente una camisa de lino beis y unos chinos, Leonidas alzó al pequeño en sus brazos y lo abrazó, sorprendido por la oleada de sentimientos que recorrían su interior. Elias le dio un enorme beso y luego forcejeó con él para que volviese a dejarlo en el suelo, ansioso por investigar los misterios de una habitación nueva para él.

–Te ha echado de menos. Ha preguntado por ti un par de veces –admitió Maribel con aire de culpabilidad.

Leonidas la estudió con atención. Ella tenía ese carácter refinado del inglés por antonomasia que siempre había admirado, pero nunca había logrado definir de forma satisfactoria. Su pelo castaño y reluciente enmarcaba sus facciones, delicadamente moldeadas, y aunque su indumentaria era sencilla, el vestido azul que llevaba realzaba enormemente sus ojos color violeta.

Poseía una delicada belleza, tan auténtica como su exuberante atractivo, y él no lograba comprender cómo le había llevado tanto tiempo percatarse de ello. Después de todo, siempre había tenido el don de atraer su atención de inmediato, incluso entre la multitud.

–¿Por qué me miras así? –murmuró Maribel inquieta, preguntándose si debía haberse puesto más maquillaje o una ropa más elegante.

–Me gusta tu vestido, *hara mou*. Aunque por supuesto, te prefiero sin él –confesó Leonidas arrastrando las palabras–. Por cierto, ¿cómo se tomó tu novio la implacable persecución de los paparazis?

Ruborizada por aquel descarado recordatorio de la noche que la esperaba, Maribel rehuyó la mirada ante su pregunta y sacudió el hombro negando en silencio. Sloan no la había vuelto a llamar y no lo culpaba por ello. El enorme interés de la prensa que estaba incitando, sin mencionar el descubrimiento de su relación con Leonidas habría asustado al tipo más entusiasta. La última vez que había visto a Sloan, este se había quedado boquiabierto y horrorizado al verla intentando esquivar a los fotógrafos para huir en su coche.

Leonidas entendió que la competencia había quedado diezmada y centró su atención en Elias con una satisfacción en la mirada capaz de derretir un bloque de hielo. De un humor excelente, le mostró a Elias el coche de juguete que le había comprado y este, eufórico, empezó a emitir un ruidoso «run run», a tocar el claxon y a apretar con fuerza los diversos botones. Aunque Leonidas intentaba evitar pensarlo, se encontró preguntándose si Maribel se habría acostado con su novio. Se preguntaba un tanto desconcertado por qué se planteaba el tema, pero aquel no fue más que el principio de una cadena de pensamientos que le llevaron a cuestionarse con cuántos hombres habría estado desde que lo dejó hacía dos años y dos meses. Aunque seguía prestando toda su atención al pequeño, toda su calma y satisfacción se habían evaporado.

Unas horas más tarde, Maribel se encontraba echada en

un sofá dorado y con los zapatos quitados para estar más cómoda, viendo cómo Leonidas sacaba un montón de barcos para que su hijo jugase en el baño. Como era un magnate griego cuya fortuna se basaba en su flota, ella supuso que tanto barco era una opción muy normal para él, y, por supuesto, Elias quedó impresionado. Maribel se mantenía a propósito en un segundo plano. Había intentado dejarlos solos un momento, pero Elias, a pesar de su aparente confianza, necesitaba comprobar muy de vez en cuando la presencia de su madre. En una ocasión en que Maribel se atrevió a quitarse de su vista, su hijo había sorprendido a Leonidas llorando a gritos. Aun así, Leonidas se comportaba maravillosamente con Elias y se le veía cómodo jugando con él. De hecho, demostraba tener con su hijo un nivel de calma y paciencia que Maribel jamás hubiera imaginado.

Se encontraba en un baño de invitados que albergaba varios muebles aparte del equipamiento habitual y, al verse reflejada en un espejo situado en la pared más próxima, se había puesto tensa. Estaba sonrosada porque tenía calor; la humedad de la atmósfera había devuelto a su pelo su ondulación natural. Se miró consternada, pensando en lo vulgar que parecía en aquel entorno tan elegante, en lo incongruente que resultaba frente al imponente aspecto de Leonidas. La invadió la idea que había estado evitando día y noche desde la ofensiva llamada de Hermione Stratton: Imogen habría estado mucho más acorde con la situación.

Durante un instante, se había imaginado a su prima con un vestido de diseño, reclinada en el sofá. Con una cortina de pelo rubio echada sobre un hombro y una mirada burlona en su hermoso rostro, Imogen habría mantenido con él una entretenida conversación. Tenía un talento natural para divertir a los hombres. Había llegado a conocer a Leonidas Pallis gracias a Imogen, y si él no hubiese decidido que necesitaba compañía tras el funeral de su prima, Elias nunca habría sido concebido. Aquellas verdades tan humillantes la asediaron hasta turbarla y hacerla sentirse muy infeliz.

Levantándose rápidamente, Leonidas pulsó un timbre

que había en la pared y le abrió la puerta a Diane, la niñera, a la que había llamado para que lo relevase. Mientras Elias se distraía con la recién llegada, Leonidas se inclinó y, tomando a Maribel de la mano, la levantó del sofá y la llevó al pasillo.

Al ver que él la sacaba de sus tormentosos pensamientos y su cómodo asiento sin previo aviso, balbuceó:

–Me he dejado los zapatos...

–En el sitio al que vamos no los vas a necesitar –dijo Leonidas sin más dilación.

–Pero Elias...

–¡Se está quedando dormido de pie! Pero si se pone revoltoso, Diane nos avisará, *hara mou* –viendo la indecisión de Maribel, Leonidas la tomó en brazos para evitar mayores protestas.

Maribel se sintió totalmente avergonzada al ver cómo un empleado se aplastaba contra la pared para dar paso a su patrón.

–¡Leonidas, apenas son las ocho de la tarde! –siseó frenéticamente.

–Me gusta tomarme mi tiempo.

Deteniéndose en un dormitorio espectacular, Leonidas la dejó deslizarse hasta el suelo a lo largo de su cuerpo fuerte y musculoso, y aquel prolongado contacto físico hizo que Maribel cobrase conciencia de su potente masculinidad. Sus pezones hormiguearon al frotarse con la amplitud de su pecho. Su estómago rozó su esculpido abdomen y él ajustó sus grandes manos a la curva de sus caderas para acercarla aún más. Al notar la evidencia de su deseo, la recorrió un escalofrío de anticipación y se sonrojó tanto que prefirió esconder el rostro en su camisa. Se encontraba todavía húmeda por las travesuras que Elias había estado haciendo en el baño, pero se estaba secando rápidamente por el intenso calor que desprendía su cuerpo. La calidez de su complexión ágil y poderosa, y el olor familiar que desprendía su piel la inundaron de tal sensualidad que sintió flaquear las piernas.

Él introdujo los dedos en su pelo ondulado y ambarino para inclinar hacia atrás su cabeza.

–Me gusta que lleves el pelo más largo, como lo tenías antes. Déjatelo crecer para mí –pidió Leonidas suavemente.

–No puedes decirme cómo tengo que llevar el pelo –respondió nerviosa Maribel.

–¿Por qué? –sus ojos oscuros no dejaban de mirarla ni por un segundo. Para hacer mayor hincapié, surcó su pómulo con un índice reprobatorio–. ¿Es que no deseas complacerme?

–¿Y tú, quieres complacerme a mí? –se atrevió ella a responder.

–*Ne*... sí, pero no necesito sugerencia alguna, *mali mou*.

–¿Y crees que yo sí las necesito?

–No puedes aprender si no te enseño –respondió Leonidas con voz baja y suave, en un tono sumamente razonable.

–No parece que esto sea una asociación muy equitativa.

–Tengo una actitud muy tradicional, así que déjate crecer el pelo –repitió Leonidas, ignorando la indirecta–. Quedará precioso.

Ella quedó atrapada por la intensidad de su mirada, tan efectiva como una cadena alrededor de su tobillo.

–¿Es esto algo así como: «Cómo convertirse en la perfecta esposa Pallis, Lección Primera»? –se atrevió a decir Maribel, dubitativa.

–Si es así como quieres plantearlo... –Leonidas puso ambas manos sobre su trasero, levantándola hacia él–, pero hace ya mucho tiempo que no hay esposas perfectas entre mis familiares más cercanos.

La dejó sin aliento antes incluso de inclinar su cabeza para besarla ardientemente, cautivando sus sentidos. El sabor de su boca le pareció tremendamente seductor. La forma en que hacía el amor a su boca era de una intimidad delirante, y le provocaba diminutos escalofríos que recorrían su espalda arriba y abajo. Con la punta de la lengua, él exploró y ahondó en el tierno interior de su boca hasta que ella se apretó contra su cuerpo, desvalida y jadeante. Leonidas se apartó un poco, observándola con ojos ardientes antes de hacerla volverse. Estaba intentando refrenar su deseo, porque había llegado a la conclusión de que ella lo había abandonado dos años antes debido a una reacción comprensible a una más que fallida introducción al sexo. Aunque ella había actuado como si todo hubiera sido increíble, él era consciente de su predilección por las cortesías. La sombra de aquella duda que él había guardado desde su primer encuentro empezaba a acosarle de nuevo porque, si ese había sido el problema, necesitaba saberlo. Le bajó la cremallera del vestido y lo hizo descender lentamente, rozándole los brazos mientras utilizaba su boca experta para recorrer la suave piel de su nuca.

—Oh-h-h… —temblando, Maribel cerró los ojos. Llegó un momento en que fue incapaz de encontrar un ápice de resistencia o contención. Sus rodillas flaquearon. Se estaba derritiendo.

—Haré que sea especial, *hara mou* —le dijo Leonidas—. Puede que la última vez no lo fuese —afirmó él de pronto.

Ella abrió los ojos sorprendida y susurró con aire vacilante:

—Yo nunca dije que no fuese especial.

Leonidas estaba nervioso. Se percató de que ella no le estaba contradiciendo y se preguntó por qué demonios se había embarcado en semejante conversación. Aquel no era su estilo.

—Eras virgen. Difícilmente podía ser perfecto.

Maribel se giró entre sus brazos y sin pensárselo dos veces dijo:

—Yo pensé que había sido perfecto.

Leonidas alzó sus pestañas oscuras y densas

—¿La primera vez?

«Incluso siendo la primera vez», pensó ella sin poder evitarlo. Pero consideró que él ni necesitaba ni merecía una información que solo iba a servir para alimentar su ego.

Leonidas pensó que no había razón por la que no indagar un poco más.

«¿Perfecto?». Aquel momento extraño y perturbador de duda sobre su propia sexualidad se desvaneció como un mal sueño. Sus nervios desaparecieron y aplastó con sus labios la curva sonrosada de los de ella, bajándole el vestido hasta los tobillos en una perfecta coreografía propia de un hombre de su experiencia. Deshaciéndose del sujetador de encaje que cubría sus pechos exuberantes y cremosos, la tumbó sobre la cama antes de que ella se diese cuenta de que se la había quitado.

–Eres muy bueno en estos menesteres –le dijo Maribel sin poder contenerse, sintiéndose vergonzosamente expuesta e increíblemente decadente al mismo tiempo.

Despojándose de su camisa, Leonidas le dedicó una voraz sonrisa que no era sino pura provocación. Al ver cómo se iba acercando hacia ella, Maribel empezó a respirar agitadamente. Su cuerpo estaba maravillosamente esculpido: tenía los hombros anchos y bronceados, el torso musculoso y las piernas largas y fuertes. Se detuvo a quitarse los pantalones y el bulto agresivo que conformaba su erección destacó claramente en sus calzoncillos. Aquello la hizo sonrojarse, porque aunque sabía que no debía hacerlo, no lograba dejar de mirarlo. Un tormentoso calor empezó a hormiguear entre sus muslos y los apretó con aire de culpabilidad. Aquella otra noche, en la casa de Imogen, ella no lo había visto desnudo, porque todo había sucedido muy deprisa después de que la besara. Habían hecho el amor a oscuras, sobre la cama, a medio desvestir, demasiado arrastrados por la pasión y la impaciencia como para entretenerse un segundo. Jamás en la vida había imaginado que podría estar así con un hombre, sentirse así, o incluso comportarse así. Y únicamente ahora se permitía recordar cómo había sido todo.

Leonidas contempló a Maribel en un análisis descaradamente masculino. Ella poseía unas curvas suaves y turgentes. Al notar su mirada distraída, le preguntó:

–¿En qué piensas?

–En aquella noche... ejem... en casa de Imogen –lo

inesperado de su pregunta provocó en ella una sinceridad que no hubiese utilizado de andar prevenida.

–Me arrancaste la camisa, *hara mou*... –aquella provocadora valoración encendió aún más el ambiente.

–¿De verdad? –masculló Maribel sofocada, ya que esperaba que él se hubiese olvidado de detalles de ese tipo hacía ya mucho tiempo.

–Fue alucinante... fue la experiencia más excitante que jamás he tenido.

Tras escuchar aquella palabra tan indulgente: «perfecto», Leonidas estaba al fin dispuesto a aceptar que fue así.

Con las mejillas teñidas de rojo, Maribel se miró los pies desnudos.

Leonidas se tumbó junto a ella y la atrajo hacia sí con mano posesiva. Agachó su cabeza de pelo oscuro y alborotado hasta alcanzar la tentadora ondulación de sus pechos, y acarició con los labios su rosado pezón. Presionó su espalda y recorrió con lengua experta el otro, arrancando en ella reacciones cada vez más intensas. Ella hundió los dedos en su cabello sedoso y jadeó, estirando el cuello. Notaba un pulso vibrante en el centro de su cuerpo avivando el deseo que había estado reprimiendo desde la última vez que estuvieron juntos. Su habilidad para contener sus ansias se iba derrumbando paso a paso.

–Quiero que regrese mi tigresa, *mali mou* –dijo Leonidas con voz ronca, pellizcándole con los dientes el lóbulo de la oreja y guiando su mano hasta la superficie aterciopelada y caliente de su erección.

Ella rodeó con sus dedos delgados su miembro duro y caliente. La invadió una sensación de vulnerabilidad, y el temor a dar demasiado de sí misma entró en pugna con su deseo. Adoraba tocarle y adoraba la intimidad y la emoción que le proporcionaba hacerle perder el control, pero después de la noche que habían compartido, había sido víctima de una gran cantidad de humillantes temores. ¿Había sido demasiado atrevida? ¿Demasiado torpe en su inexperiencia? ¿Demasiado entusiasta?

Leonidas emitió un fuerte gemido. Su inmenso placer se vio acribillado por la sospecha de que ella había estado practicando. La rabia lo removió por dentro y logró desconcertarle, obligándole a deshacerse de ese pensamiento, pero, aun así, se deslizó hacia un lado, poniéndose fuera de su alcance.

–¿Qué pasa? –le preguntó con ojos preocupados.

–Nada –pero Leonidas estaba intranquilo por los pensamientos irracionales y perturbadores y las respuestas que le asaltaban. Inteligente y pragmático por naturaleza, se contentó acogiéndose a los beneficios de la fría lógica. Nunca en la vida se había mostrado posesivo con una mujer.

Maribel se encontraba dolida y confusa. Jurando en griego, Leonidas le separó los labios enrojecidos en un beso voraz que borró de un golpe su angustia, desterrándola para siempre de su memoria. Cada vez que sumergía la lengua en su boca avivaba su deseo. Un pequeño escalofrío se instaló bajo su pelvis haciéndola apretarse más contra él para buscar un alivio al dolor que repiqueteaba en el centro de su deseo. Consciente de esta angustia, ella ya temblaba de arriba abajo incluso antes de que él la despojase de su última prenda para descubrir los pliegues húmedos y delicados que ocultaba.

–*Se thelo*… Te deseo, *hara mou* –exhaló en voz baja.

–Yo también te deseo –susurró ella, enfebrecida.

Una especie de gemido, a medio camino entre la protesta y el placer salió de ella cuando él acarició su zona más sensible. Y enseguida, se vio perdida en la oscuridad, en el palpitante placer que él desataba en ella. Su piel empezó a transpirar y se retorció entre gemidos respondiendo al fluir de sensaciones eróticas que él tan bien sabía dominar. Se encontró atrapada en una oleada irresistible de excitación. La sangre golpeaba sus venas y el corazón le latía con fuerza. Embrujada por sus caricias, sometida a su fuerte sensualidad, hervía de frustración. Su deseo había alcanzado tal punto agridulce de tormento que no podía soportar esperar ni un segundo más a ser saciada.

En ese mismo instante, Leonidas se deslizó entre sus muslos. Con ojos suplicantes y apasionados, ella temblaba y se agitaba, arrojada a una cúspide casi dolorosa de necesidad. Él se introdujo en ella en la cima de ese deseo vehemente. Enérgico y vigoroso, se abrió paso en su vaina, húmeda y caliente. Una deslumbrante e intensísima sensación se apoderó de ella al sentirlo en su interior. La besó, y ella respondió con la pasión salvaje que la consumía. Hurgó en su boca, jugando en ella con su lengua mientras la sometía a largas y enérgicas embestidas. Ella enloquecía de placer, un placer que se encontraba más allá de lo que había sentido jamás. La excitación hacía arder su cuerpo como un fuego voraz que consumía toda su energía y sus pensamientos.

Al sentir que una apremiante tensión se acumulaba en su interior, sollozó su nombre, y un segundo después fue lanzada del torbellino de la pasión hacia la cima del éxtasis. Desorientada y fuera de sí, disfrutó de su arrobamiento y se abandonó a una cascada de estremecimientos de inmenso placer. Le pareció que transcurrían siglos hasta volver a poner los pies en la tierra.

–Leonidas –murmuró, y en ese momento tranquilo de alivio y alegría, todas sus defensas se rindieron e hizo lo que deseaba hacer: dar rienda suelta al amor que había mantenido encerrado en su interior. Lo envolvió con sus brazos y lo abrazó fuertemente, acarició su pelo húmedo, cubrió su cuerpo de besos y suspiró feliz y satisfecha.

Inmerso en aquella pleamar de afecto, Leonidas se quedó inmóvil por un instante, y luego casi se echó a reír, porque su hijo era igual de afectuoso. En un movimiento bastante brusco para una persona tan grácil, presionó con sus labios la comisura de la boca de Maribel y rodó hacia un lado, pero, casi al instante, estiró su cuerpo para salvar el espacio entre ellos y encerrar su mano en la de él. Ella giró la cabeza y le dedicó una enorme sonrisa.

De pronto, aquel gesto familiar pulsó una cuerda de su memoria y le hizo fruncir las cejas.

–¿Sabes? Hasta este momento no me había dado cuenta de que te pareces a Imogen, pero acabo de descubrir cierto parecido familiar.

–¿De verdad? –Maribel se sintió terriblemente desconcertada ante esa inesperada observación y también muy sorprendida, porque nunca se le había ocurrido que pudiese parecerse en lo más mínimo a su prima. Fue como si un enorme cubo de hielo se formase en el interior cálido de su vientre, y yació inmóvil y tensa.

–No es algo evidente –añadió Leonidas–. Creo que ha sido más bien un gesto. Tu sonrisa me la ha recordado.

Maribel continuó sonriendo con valentía al oírle, aunque en realidad lo que sentía eran ganas de echarse a llorar. El frío en su interior se fue extendiendo como la humedad por sus miembros hasta helarle los huesos. ¿Cómo iba a ella a parecerse a la hermosa y difunta Imogen? Ni siquiera necesitaba que le dijesen que solo se había tratado de un gesto. Después de todo, Imogen era unos quince centímetros más alta y tenía un rostro de facciones clásicas, el cabello largo y rubio y un cuerpo esbelto y perfecto que no defraudaba incluso con el vestido menos favorecedor. Hermione Stratton se había limitado a decir la verdad al indicar que ella no podía compararse a su prima ni en aspecto ni en personalidad, y eso era algo que tenía asumido. Pero se sintió destrozada al ver que el hombre al que amaba le decía que le recordaba a Imogen. ¿Habría pasado con ella la noche en que concibieron a Elias solo porque le encontraba un leve parecido con su difunta prima? A fin de cuentas, ¿Leonidas había sentido por Imogen mucho más de lo que ella creía? Lentamente, retiró su mano fláccida de la de él.

Se hizo un silencio tan largo y pesado que cuando sonó el teléfono el sonido resultó ensordecedor. La oscuridad se apoderó de la mirada de Leonidas, que se incorporó para contestar la llamada. La conversación transcurría a saltos entre el inglés y el francés.

–¿Josette?

Maribel hablaba francés perfectamente y no tuvo problemas para adivinar quién era la mujer que llamaba. Se trataba de la supermodelo Josette Dawnay, que según decían, era una de las parejas «estables» de Leonidas. Una morena espectacular a quien se le atribuían las piernas más largas de la pasarela y que había acompañado a Leonidas al festival de cine de Cannes. Su reputación de mujer atrevida se había visto acrecentada por una bien documentada aversión a llevar ropa interior bajo las faldas.

–¿En tu apartamento? –murmuró Leonidas sibilante–. ¿Por qué no? Aunque no podrá ser antes de las diez.

Maribel inspiró tan fuerte que llegó a marearse, pero no se le pasó la sensación plomiza de náusea que se le había enredado en el estómago. Salió de la cama como pudo y, avanzando lentamente por el suelo, recogió su vestido y se lo puso con dificultad, luchando frenéticamente con la cremallera. Durante toda esta escena, Leonidas siguió hablando en francés y mirándola con ojos fríos y oscuros como si ella fuese un espectáculo de cabaret para su entretenimiento.

Al ver que se disponía a salir, él murmuró:

–¿Qué estás haciendo?

Maribel no dijo nada. Se limitó a agarrar una jarra de agua que había sobre el mueble y la volcó sobre él.

Con un gruñido de incredulidad, Leonidas saltó fuera de la cama y dio fin a su conversación telefónica. Desnudo estaba tan impresionante como un broncíneo dios griego. Se sacudió el agua y la miró enfadado.

–¿Qué demonios es esto?

–Ya has cobrado tu comisión y no hay más. Creo que este podría denominarse el «periodo de enfriamiento» Si todavía deseas casarte conmigo, antes tenemos que dejar las cosas claras –dijo Maribel con desdén–. No me acostaré contigo mientras te sigas acostando con otras mujeres.

–*Theos mou…* ¿te atreves a imponerme normas? –le espetó Leonidas con mordacidad.

–No tengas tantos prejuicios. Esta podría ser muy bien la mejor oferta que te hayan hecho en tu vida, así que piénsatela bien antes de rechazarla –le advirtió Maribel con los ojos encendidos de rabia–. Si quieres que nuestra relación sea platónica, ignoraré tus líos, porque no te consideraré mi esposo. ¡Pero si quieres algo más de mí, vigilaré todos tus movimientos y si me traicionas convertiré tu vida en un infierno!

–Incluso siendo mi esposa, no tendrás derecho a decirme lo que tengo que hacer –pronunció Leonidas con la seguridad de su carácter fuerte y arrogante. La miró mientras agarraba el picaporte de la puerta–. Si abandonas esta habitación antes de que amanezca, me enfadaré contigo, *hara mou*.

–Pues me temo que te vas a enfadar –tras escuchar su conversación con Josette Dawnay y viendo cómo se habían cumplido sus más terribles temores, Maribel estaba demasiado indignada y molesta como para quedarse allí sometida a su escrutinio–. Iré a ver cómo está Elias y me acostaré en una de las otras habitaciones. Buenas noches.

–Como quieras –condenándola severamente con la expresión de su fino y hermoso rostro, Leonidas no volvió a intentar disuadirla para que se quedara.

Maribel entró a ver a su hijo, que dormía plácidamente en la cuna. Diane apareció en el umbral de la habitación contigua e intercambió con ella una sonrisa animosa antes de marcharse. Escogió una habitación al otro lado del pasillo y cerró la puerta tras de sí. Se sentía muerta por dentro, pero en su cabeza bullían pensamientos e imágenes hirientes.

La realidad había acabado por hacer explotar la burbuja de sus estúpidas ilusiones y pensó que la culpa era solo suya. ¿Es que acaso Leonidas no había sido sincero desde el principio?

Él iba a seguir manteniendo aventuras ocasionales con un montón de mujeres asombrosas y aduladoras que proporcionaban variedad a sus relaciones sexuales en sus viajes alrededor del mundo. Ella iba a llevar su anillo y a criar a su hijo fingiendo que no le importaba que no hubiese nada más entre ellos. Pero, en esos momentos, sabía que le importaba muchísimo...

Capítulo 8

MARIBEL arrancó un pétalo de la flor.
  –Le amo.
El pétalo cayó sobre la grava que había bajo el banco de piedra.

–Le odio –dijo, y cayeron varios pétalos a la vez, que volaron arrastrados por la brisa que recorría la rosaleda. Mouse y Elias pasaron correteando por su lado, persiguiéndose con gran alboroto por los senderos flanqueados de setos. Maribel acabó su juego inútil con un sentimiento de odio que le hizo cortar supersticiosamente aquel último pétalo en dos antes de deshacerse del tallo.

Sabía que el odio era la cara oscura del amor, pero en aquel momento no le habría confesado a nadie sus verdaderos sentimientos. El día señalado para la boda se acercaba rápidamente, y el acontecimiento se había exagerado tanto debido a las especulaciones de la prensa y la expectación creada, que se había visto obligada a beneficiarse de la intimidad que le ofrecía Heyward Park. En la casa de campo del padre de Leonidas, Elias podía al menos jugar sin temor a que el zoom de una cámara asomase entre los arbustos, porque el miembro más pequeño de la familia Pallis despertaba una enorme curiosidad.

Además, se había quedado sin casa, porque alguien había intentado entrar en la granja vacía y no había tenido más remedio que trasladar todas sus cosas. En la universidad, había acabado el trimestre y ella había vaciado el despacho tras presentar su dimisión. Le había afectado mucho la velocidad con la que se había desmantelado su vida cómoda, tranquila y segura. De hecho, el ritmo de aquel cambio le había traumatizado bastante y se sentía muy presionada.

Pensó con temor que pasados solo tres días sería demasiado tarde para arrepentirse de convertirse en una Pallis. No era propio de ella, y nunca había sido una cobarde, pero a veces sentía deseos de recoger a Elias y salir corriendo como alma que lleva el diablo. Cubriéndose la cara con las manos frías, respiró hondo. No podía hacerle aquello a Leonidas, no podía dejarlo plantado en el altar solo porque estaba aterrorizada ante la idea de estar cometiendo el error de su vida. Era tan orgulloso que nunca superaría tal ofensa. En cualquier caso, todo estaba organizado hasta el último detalle, incluso el fabuloso y exclusivo traje de novia y los pajecitos griegos escogidos del círculo familiar de Leonidas. Ginny se vio obligada a actuar como madrina, y Maribel tuvo que aceptar la oferta de las hermanas de Imogen, Amanda y Agatha, como damas de honor. Eran la única familia que le quedaba y, de haberlas desairado, habrían aparecido embarazosos comentarios en la prensa local. De todos modos, ella sabía que tenía con sus tíos una deuda aún mayor.

Ginny había predicho perfectamente cómo afectaría al círculo de Maribel su relación con un millonario. Nada más hacerse público el enlace, los Stratton habían aterrizado en bloque en la puerta de Maribel para arreglar sus rencillas. Su tía se lo había pensado dos veces antes de cortar toda relación con una sobrina a punto de casarse con uno de los hombres más ricos del mundo. Pero la familia Stratton había decidido muy tarde reconocer a Elias para impresionar a Maribel y aquel calculado alarde de falsedad le había hecho sentirse muy incómoda.

A su estado de ánimo se sumaba el hecho de que apenas había visto a Leonidas. Desde aquella despedida, insatisfactoria para ambos, antes de su viaje a Nueva York, Leonidas se había mostrado frío como el hielo. Había pasado la mayoría del tiempo fuera y solo había regresado a Inglaterra dos veces para visitar fugazmente a Elias. Ella no se preciaba de que en la agenda de él figurase un deseo por verla. Su escrupulosa cortesía y reserva le habían advertido de que aquel matrimonio iba a ser un desafío mucho más grande del que ella se temía, porque él se había resistido tenazmente a cualquier intento por hacerle cambiar. Pero, a fin de cuentas, ella sabía que estaba firmemente decidido a seguir adelante con la boda. ¿Y cómo lo sabía? Bueno, pues no porque él hubiese dicho nada al respecto, pensó Maribel, arrepentida.

Todos los días, Maribel examinaba las revistas y periódicos, y nunca lograba encontrar una foto de Leonidas con otra mujer. Era tan inusual que no podía creer que fuese una coincidencia. Por primera vez en su notoria trayectoria de conquistas, Leonidas parecía decantarse por pasar desapercibido. Hasta los artículos de cotilleo comentaban la discreción que había adoptado y hacían apuestas sobre lo que esta duraría. Pero Maribel podría haberles respondido a esa pregunta: justo hasta después de la boda.

Ella pensaba que Leonidas había decidido no armar jaleo hasta que estuviesen casados y hubiese adquirido derechos sobre su amado hijo. Seguramente aquella era la razón por la que se había esforzado en llamarla todos los días. Además, le había enviado regalos tan espléndidos que se había quedado sin habla. Cuando llamaba, hablaba sobre Elias y no se desviaba del tema ni aunque ella lo intentara. Cualquier cosa que sonase más interesante que el tiempo le hacía colgar rápidamente y a ella le parecía nefasto, porque a pesar de estar enfadada con él le gustaba escuchar el sonido de su voz.

En el tema de los obsequios, sin embargo, no le iba nada mal, y si el dinero hubiese sido su única motivación, estaría encantada y deseando subir al altar. Hasta la fecha, había recibido bolsos de diseño, gafas de sol, un reloj, un lujoso teléfono, un magnífico juego de maletas, un colgante de diamantes, un exquisito collar de perlas con pendientes a juego, dos cuadros, una escultura, un collar enjoyado para Mouse, un Mercedes, con la promesa de un modelo personalizado en un futuro próximo, las últimas publicaciones editoriales y varios modelitos que le habían gustado. No, a Leonidas no le daba miedo ir de compras. Y así siguió la historia: para ella los regalos eran un sustituto de lo que él no decía o no era capaz de decir. Para ser justos con él, era una persona muy generosa, pero estaba acostumbrado a comprar lealtades, a apaciguar sentimientos heridos y a contentar a los demás con las prebendas de su riqueza. Le costaba menos gastar dinero que dar respuesta a asuntos más difíciles.

Después de todo, Leonidas sabía por qué estaba enfadada, pero aún no había hecho el más mínimo intento de ofrecerle una explicación o disipar sus temores. La noche que se fue con Josette Dawnay, Maribel la pasó tumbada y despierta, atormentada por la rabia, los celos y el odio. Se había torturado a sí misma buscando en internet imágenes de la impresionante modelo. Le entró una especie de pánico al pensar que, si se casaba con Leonidas y él insistía en conservar su libertad, aquella tortura continuaría y su rival iría adoptando toda una serie de rostros diferentes. Pero, ¿cómo una mujer corriente iba a atreverse a intentar competir con mujeres tan hermosas?

–¿Doctora Greenaway? Tiene visita –un miembro del servicio apareció a la entrada de la rosaleda y Maribel se levantó rápidamente, aferrándose a cualquier cosa que la distrajese de sus pensamientos.

–La princesa Hussein Al-Zafar le espera en el salón.

A Maribel le confundió por un momento aquel título tan imponente, pero enseguida esbozó una sonrisa. Deteniéndose a recoger a Elias y Mouse, se dirigió rápidamente a la mansión. ¡Tilda Crawford! Tilda y su marido, el príncipe Rashad de Bakhar, eran los únicos invitados comunes que compartían el novio y la novia. Maribel se sintió aliviada y encantada al recibir la confirmación de su asistencia. Y aunque Rashad seguía siendo uno de los amigos de la universidad más cercanos a Leonidas, sabía que Tilda y Leonidas se llevaban mal.

Maribel y Tilda se conocieron en una de las fiestas de Imogen, cuando Tilda se refugió en la cocina al ver entrar a Leonidas.

–Lo siento, no puedo soportar a ese Pallis –le confesó con franqueza–. Una vez salí con un amigo suyo y, como por entonces trabajaba de camarera, Leonidas me trató como una fulana cazafortunas.

Al descubrir en ella su indiferencia por la posición, el aspecto imponente y la riqueza de Leonidas, Maribel y Tilda se habían hecho amigas. Pero desde que Tilda se casó con su príncipe y se marchó al extranjero para integrarse en la vida propia de la realeza, las dos mujeres habían perdido el contacto. Maribel albergaba cierto sentimiento de culpa porque en gran parte se sentía responsable de esa pérdida, ya que le había dado mucha vergüenza tener que contarle que Leonidas era el padre de su hijo.

–¡Tilda! –Maribel recibió con una calurosa sonrisa a la encantadora rubia. Solo se había detenido a comprobar que Mouse se refugiaba en su escondite bajo la mesa de la entrada, colocada allí con ese propósito, y a dejar a Elias bajo las atenciones de la niñera.

La princesa se adelantó para saludarla, y sus ojos azul turquesa brillaron de alegría.

–Maribel, qué maravilloso es verte de nuevo.

–Santo cielo, supongo que debería haberte hecho una reverencia o algo así. ¡Casi olvido que eres la esposa de un príncipe! –Maribel tomó las manos extendidas de Tilda y las apretó afectuosamente.

–No seas tonta, eso solo se hace en público –le reprendió Tilda–. ¿Está Leonidas... por aquí?

Consciente de su nerviosismo, Maribel la tranquilizó rápidamente:

–No. Estás a salvo. Leonidas sigue en el extranjero.

Tilda se disculpó con mirada culpable:

–¿Tanto se nota que prefiero evitarle? Lo siento, estoy siendo muy grosera.

–Nunca habéis congeniado. No dejes que eso se interponga entre nosotras –le dijo Maribel totalmente relajada–. ¿Y cuánto tiempo vas a quedarte? Tenemos que contarnos muchas cosas.

Les llevaron una bandeja con té y algunas cosas para picar.

—Me dio mucha pena no poder asistir a tu boda en Bakhar —confesó Maribel—. No podía dejar sola a Imogen. Por entonces no andaba muy bien.

—Lo entendí perfectamente. Eras muy paciente con ella.

—La apreciaba mucho —aun así, desde que Leonidas le había comentado que le recordaba a Imogen, su autoestima había descendido en picado. Estaba convencida de que solo había sido una precaria sustituta de su prima y aquello la había hundido. Además, la asediaba la sospecha de que no tenía derecho a esperar o a pedir a Leonidas algo que no fuera la simple tolerancia o aceptación. Si fuese la mujer decente que a ella le gustaba pensar que era, se habría resistido a la tentación de acostarse con Leonidas la noche en que concibieron a Elias, ¿no?

—He visto a tu hijo entrar en la casa contigo —apuntó la princesa con amabilidad—. Se parece mucho a Leonidas.

—Supongo que debió sorprenderte mucho enterarte de quién era su padre.

Tilda se atribuló:

—¿Puedo ser sincera contigo?

—Por supuesto.

—Me preocupé mucho —Tilda acercó su rostro al de ella y le habló con voz titubeante—, seguramente te enfadarás conmigo cuando te diga por qué creí necesario venir a verte antes de la boda.

—Lo dudo mucho. No me enfado fácilmente, sobre todo con la gente en quien confío.

—Temía que te casaras porque no tenías otra opción si querías conservar la custodia de tu hijo. Él es un hombre temible y poderoso —Tilda exhaló un ansioso suspiro—. Pero hay otra opción: estoy dispuesta a respaldarte económicamente si deseas llevarlo a juicio y enfrentarte a él.

—¿Y Rashad está al tanto de esto?

Tilda frunció el ceño:

—Para serte franca, Rashad no aprobaría mi intromisión,

sobre todo habiendo una criatura de por medio, pero yo dispongo de dinero y tengo mis propias convicciones sobre lo que está bien y lo que está mal.

–Eres una verdadera amiga –Maribel se sintió profundamente conmovida por la oferta de Tilda–, pero voy a casarme con Leonidas. Podría darte mil razones en cuanto al porqué. Y sí, me siento presionada y sé que no puedo competir con él, pero veo que Leonidas se porta maravillosamente con Elias y mi hijo necesita un padre, aunque me cueste admitirlo.

–Un matrimonio es mucho más que criar a los hijos –dijo Tilda con ironía.

Maribel esbozó una sonrisa y por primera vez en semanas se sintió en paz con el torbellino de sentimientos que albergaba, porque en el fondo de todo aquello subyacía una verdad inamovible.

–Siempre he amado a Leonidas, Tilda, incluso cuando era el tipo más indeseable. Y no puedo explicar la razón. Ha sido así casi desde el primer momento en que le vi.

Leonidas regresó a Heyward Park muy tarde la noche antes de la boda. Venía en un avión desde Grecia cargado de parientes. Maribel se puso un top clásico y una falda en tonos rojizos que acompañasen al collar y los pendientes de perlas, y recibió a los recién llegados en la entrada principal. Leonidas entró el último, justo a tiempo para oír a su novia charlar cómodamente con sus tres tías abuelas, y eso que ninguna de ellas hablaba una palabra de inglés. Los conocimientos de griego de Maribel eran básicos, pero más que suficientes para la ocasión. Hubo una cena ligera. Ella mostraba una seguridad impresionante a la hora de tratar con el servicio y los invitados, pero Leonidas no tardó en percatarse de que había perdido parte de sus exuberantes curvas y de que al verlo le había ocultado su mirada y se había puesto tensa.

–Siento mucho llegar con tanta gente a esta hora, *glikia mou* –murmuró Leonidas–. Y enhorabuena por la cortesía y amabilidad con que los has recibido.

–Gracias –dijo, reconociendo bruscamente aquellos cumplidos tan inusuales en él. Un fugaz encuentro con sus ojos oscuros bastaba para ruborizarla. Podía recibir tranquilamente a sus sesenta parientes, pero nada más verlo se sentía como una tímida colegiala y eso la mortificaba. El corte elegante de su pelo y sus facciones finas y esculpidas lo hacían parecer asombrosamente guapo. Su traje negro estaba diseñado para ajustarse perfectamente a su poderosa complexión. Como de costumbre, emanaba masculinidad de alto voltaje y exuberante atractivo.

Pasando el brazo por detrás de su espalda para atraerla a su lado, inclinó la cabeza y le preguntó:

–¿Cuándo empezaste a estudiar griego?

–Poco después del nacimiento de Elias, pero nunca tuve tiempo suficiente para aprenderlo bien –aunque el contacto entre ellos era mínimo, Maribel estaba totalmente rígida–. Discúlpame, tus tías abuelas me están esperando, les prometí que les enseñaría fotos de Elias.

–¿Es que no tengo prioridad? –asombrado por aquel trato tan brusco por su parte, Leonidas la detuvo tomándola de las manos antes de que pudiese alejarse de él.

Maribel era dolorosamente consciente de lo cautivador de sus ojos. Poseía un carisma tan fuerte que no podía resistirse incluso estando enfadada con él. El corazón le latía con fuerza:

–Por supuesto –contestó ella educadamente.

Leonidas notó en ella un distanciamiento que no le gustó. Pensaba que el paso del tiempo se ocuparía de resolver sus diferencias, pero se había equivocado y eso le frustró. Pensó en todas las mujeres pasadas y presentes que habrían hecho cualquier cosa que él quisiera, a las que ni se les habría pasado por la cabeza criticarle o pedirle cosas que él no estaba dispuesto a dar. Y por último pensó en Maribel, que era simplemente... Maribel, y única. Su capacidad para combatir a base de resistencia pasiva lo estaba volviendo loco.

–Mañana nos casaremos, en vista de lo cual –dijo irónicamente Leonidas, arrastrando las palabras–, te diré que Josette Dawnay ha abierto una galería de arte en el mismo edificio en el que tiene su apartamento y que me invitó a la inauguración, a mí y a otra gente. Si crees que necesitas comprobarlo, encontrarás muchas pruebas que demuestran la verdad de lo que digo.

Una oleada de culpabilidad hizo ruborizar a Maribel. Se sintió aliviada, pero detectó ahí cierto matiz de desafío, ya que no entendía por qué no la había tranquilizado en su momento.

–Supongo que debo disculparme por haberte mojado…

–Deberías –confirmó Leonidas sin dudarlo.

–Lo siento, pero podías haberte explicado.

–¿Por qué tendría que hacerlo? Metiste la nariz en una conversación privada y sacaste una conclusión errónea –Leonidas se dio cuenta de que aquello era un reto–. ¿Cómo iba a ser culpa mía?

A Maribel no dejaba de sorprenderle la facilidad con que la hacía enfurecer. No se mostraba arrepentido en absoluto. Era agresivo, dinámico, tremendamente competitivo: un testimonio vivo del poder de la testosterona. Notó que los invitados la miraban. Era una de esas ocasiones en las que marcharse parecía ser lo más sensato.

–Lo siento –volvió a murmurar, yéndose.

Leonidas ya se había sorprendido con su actitud unos minutos antes, pero esta retirada tan resuelta le sorprendió aun más. Por primera vez en su vida, intentaba mostrarse conciliador con una mujer y, ¿qué recibía a cambio? ¿Dónde estaban las disculpas y el apasionado agradecimiento que esperaba recibir? Entonces algo rozó la punta de su zapato. Enfadado, bajó la vista. Mouse se había arrastrado desde debajo de la mesa. Temblando ante la cantidad de extraños que tenía alrededor, el perro había conseguido enfrentarse a su pánico y se había alejado lo suficiente de su refugio como para dar la bienvenida a Leonidas. Este se inclinó y le dio unas palmaditas en la cabeza para indicarle lo que apreciaba aquella demostración de lealtad.

Tras asegurarse de que todos los invitados estaban atendidos, Maribel no tardó ni un minuto en subir a acostarse. Pensó en lo que le había dicho Leonidas. Todo su sufrimiento por el tema de Josette Dawnay había sido en vano, una montaña de un grano de arena que Leonidas podía haber desmontado en un segundo... de haberlo deseado. Y el hecho de que no lo hiciese le dio a entender algo que antes no había entendido: era una declaración de su independencia y su libertad. Había dejado claro que el matrimonio no iba a cambiarle la vida.

En la oscuridad, sintió un escozor en los ojos. Inspiró profundamente y se regañó a sí misma por no saber ver el lado bueno de las cosas, ya no solo por sí misma, sino también por el bien de su hijo. Se iba a casar al día siguiente, y mucha gente se había preocupado por asegurarse de que todo fuese perfecto hasta el último detalle, así que lo menos que podía hacer era intentar disfrutarlo.

Al día siguiente, poco antes de las seis de la mañana, una llamada de Vasos despertó a Leonidas. Cinco minutos después, estaba mirando los titulares en su ordenador y jurando en griego. Apartó un mechón de pelo oscuro y despeinado de su frente y leyó: *El crucero solo para hombres de Pallis... ¡Una desenfrenada juerga con bailarinas exóticas!* Entró en otra página y fue aún peor. Las fotos le hicieron bramar sin acabar de creerlo. ¿Quién demonios había sacado aquellas fotos?

Vasos se adelantó:

–Es la cámara de un teléfono... de una de las bailarinas que Sergio Torenti subió a bordo para la fiesta–. Rudimentario, pero efectivo.

–Gracias, Sergio –dijo Leonidas, cortante.

Cuarenta y ocho horas antes, su amigo Sergio Torenti había juntado un montón de amigos y le habían preparado por sorpresa una despedida de soltero en su yate. Sergio, que detestaba las bodas, se encontraba en ese momento a salvo en la selva de Borneo en un viaje de esos de deportes de riesgo que tanto le gustaban, lejos de la ira que había desatado en el novio.

–Me he tomado la libertad de retirar de la casa todos los periódicos de hoy –anunció Vasos.

Leonidas despidió a Vasos y cerró de un golpe la tapa del portátil. Sabía que Vasos solo pretendía proteger a Maribel, porque la familia Pallis no se impresionaba con aquellas cosas. En cinco horas estaría casándose ¿o no? Hacer planes estratégicos y cubrirse las espaldas era algo propio de Leonidas. Era un hombre de negocios hasta la médula, con los genes maquiavélicos de una familia que ya en la Edad Media se ganaba la vida como mercaderes. El abuso de los pecados de la carne ya había llevado a la ruina a algunas generaciones de la familia Pallis, pero Leonidas era más sensato que lo que la mayoría de la gente pensaba.

Pero aunque tramar y planear eran para él la sal de la vida, se sentía intranquilo porque sabía que Maribel no toleraba esas prácticas. ¿Se casaría con él si llegara a leer aquel artículo sensacionalista? ¿Cuánto confiaba en él? La respuesta era nada. Maribel ni siquiera fingía tener la más mínima confianza. De hecho, oír de lejos una llamada ambigua había sido suficiente motivo para que ella lo juzgase y condenase de pleno.

Leonidas le dio vueltas al asunto y, para ser justos, se sintió obligado a preguntarse por qué iba Maribel a confiar en él. Repasó mentalmente a toda velocidad el transcurso de las tres últimas semanas. Apretó la mandíbula, sombreada por la barba incipiente. Había notado la noche anterior que ella había perdido peso y sabía que el estrés era la causa más probable. Ella adoraba su trabajo y su casa y había tenido que renunciar a ambos en muy poco tiempo. Admitió de mala gana que era posible que amase a su novio. No había querido conocer los detalles y por eso no le había preguntado más. Una vez lo acusó de hacer únicamente lo que le venía en gana y, en este caso, reconoció que era cierto. Se había regodeado en su rabia y la había castigado por atreverse a desafiarle, dejando que se hundiera o nadase en un mundo totalmente nuevo para ella, así que era normal que acusara esa presión.

Cualquier otra mujer le habría pedido ayuda, pero no Maribel. No, no Maribel, una persona obstinada por naturaleza. Y reconoció apretando su boca grande y sensual que no era bueno que compartiesen aquella obstinación. Todo habría ido bien si ella hubiese pedido consejo o ayuda, o solo con que hubiese mostrado un ápice de arrepentimiento por haberle desafiado. No le costaba nada mostrarse generoso en la victoria, pero por desgracia Maribel se negaba a admitir una derrota. Empezaba a captar por qué le dijo una vez que él no le gustaba. Aquella afirmación se le había quedado grabada y no podía olvidar lo desagradable que había sido para él. Pero ahora debía preguntarse si tenía algo que pudiese gustar a alguien. Había sido frío e insensible con ella. Había estado ausente cuando debía haberla acompañado. Y al negarse a darle la más mínima seguridad, lo único que había conseguido había sido acrecentar su desconfianza.

Maribel podía mostrarse sumamente tranquila en apariencia, pero él se recordó tristemente que también podía ser vehemente y actuar con rapidez. Tendía a disparar antes de preguntar, una característica que no lo tranquilizaba precisamente el día en que necesitaba que ella acudiese al altar y dijese que sí con una sonrisa. Se había dado cuenta de que a ojos de ella siempre sería culpable hasta que se demostrase lo contrario. Un cambio reconfortante, después de una vida llena de mujeres complacientes.

La neblina de la mañana iba desapareciendo poco a poco dando paso al verde exuberante de los jardines y la promesa de un maravilloso día de verano. Fue en ese momento cuando Leonidas tomó la decisión de contarle lo de la fiesta una vez celebrada la boda. Una boda es un acontecimiento que solo pasaba una vez en la vida, y nada debía ensombrecer el día de Maribel. Ni darle razones de peso para convencerse de que casarse con él no le convenía en absoluto.

Capítulo 9

DEJA que compruebe que no estoy soñando! –Ginny fingió cómicamente pellizcarse a sí misma mientras contemplaba con la boca abierta el contenido del maletín de piel que había abierto Maribel– ¡Una tiara de diamantes digna de una reina! Con el velo quedará impresionante.

–Con eso y con cualquier cosa –indicó Maribel con la boca seca, tocando reverentemente el zafiro y los diamantes–. Pero, ¿no crees que podría resultar exagerada?

–Maribel… el consumo ostentoso y ser una Pallis son algo inseparable. Los ochocientos invitados esperan mucha ostentación, y la mayoría llevará joyas.

Horas más tarde, liberada al fin de las atenciones del servicio de peluquería, esteticismo, manicura y maquillaje, Maribel contempló la visión inusitada que le ofrecía su reflejo. En su interior, se sintió fascinada por su aspecto. Desde el comienzo de su vida adulta, jamás se había dejado seducir por la moda hasta el día en que se enamoró perdidamente de aquel vestido dieciochesco que aparecía en un catálogo de trajes de novia. El corsé ribeteado acentuaba su diminuta cintura y luego se abría en una maravillosa falda. Era un traje maravillosamente glamuroso, confeccionado en tafetán dorado y seda. La tiara se veía magnífica sobre sus rizos castaños, recogidos hacia atrás con un velo de finísimo encaje francés.

La iglesia, un sólido edificio de piedra, se encontraba dentro de la finca de Heyward Park. Su entrada privada, junto con el fuerte dispositivo de seguridad y la presencia

de la policía, impedían que los paparazis se acercaran más
allá de la carretera, situada detrás de un espeso seto.

–Admiro enormemente tu aplomo –le dijo dulcemente
su prima, Amanda Stratton, mientras Ginny y varios padres
convencían con enorme paciencia a los pajes para que se
colocasen por parejas–. Como dice mamá, nueve de cada
diez mujeres amenazarían con dejar a Leonidas Pallis plantado ante el altar.

Maribel frunció el ceño:

–¿Y por qué iba a hacer yo algo así?

Ginny Bell se acercó a Amanda Stratton y le dijo algo.
La joven rubia se puso roja y se marchó muy ofendida y
sin decir palabra.

–¿A qué se refería? –urgió Mirabel a su amiga bajando
la voz.

–Quizá no pueda soportar el rumor que corre de que
Leonidas se va a casar contigo sin firmar un acuerdo pre-
matrimonial. O quizá sean los diamantes que llevas. Sea
como sea, la envidia la corroe y tú no deberías prestarle la
más mínima atención –le dijo con rotundidad.

Maribel lo consideró un consejo muy acertado. El desá-
nimo de la noche anterior había desaparecido gracias a su
energía y optimismo, porque pensó que su matrimonio sería lo que ella hiciese de él. Cuando se abrieron las puertas
y las notas del órgano empezaron a sonar en el vestíbulo,
inspiró hondo. El aire de la iglesia estaba cargado de olor a
rosas.

Leonidas contaba con unos nervios de acero, pero su
despertar no había sido nada apacible y las cosas no habían
hecho más que empeorar. Había pasado la mañana indeciso
como jamás en su vida. Consciente de que sus hazañas durante la despedida de soltero aparecerían en algunos canales de televisión y varias webs de famosos, se preguntó qué
iba a hacer si Maribel se enteraba antes de ir a la iglesia. En
tres ocasiones había decidido actuar rápidamente y ofrecer-

le su versión de los hechos antes que nadie, pero luego había cambiado de opinión.

–Ya ha llegado la novia –anunció en un aparte el padrino, el príncipe Rashad, asombrado del nerviosismo de su amigo y preguntándose si aquello se debía a su renuencia al matrimonio. Cierto que Maribel llegaba diez minutos tarde, pero a Rashad le costaba creer que Leonidas hubiese temido en algún momento que su futura esposa no llegara a presentarse.

Leonidas se giró para comprobar por sí mismo aquella información. Y allí estaba Maribel, exótica y radiante con un vestido de tafetán blanco y dorado que resaltaba increíblemente su piel pálida y suave y su cabello castaño. Él quedó tan embelesado que olvidó volver a girarse de cara al altar como manda la tradición.

–¡Mami! –era Elias, que rompió el hechizo al escurrirse como una anguila del regazo de la niñera y lanzarse disparado en dirección a Maribel.

Leonidas se adelantó a interceptar a su hijo y lo recogió en sus brazos justo antes de que pudiese descontrolar a la novia y su séquito, provocando las risas de los invitados.

Maribel centró su atención en Leonidas y de allí no se movió. Llevaba un frac y unos pantalones oscuros de raya diplomática, a juego con una corbata del mismo tono que su vestido. Estaba tan imponente que ninguna mujer hubiera podido evitar mirarlo. Al encontrarse con sus ojos negros fue como si el resto del mundo, y de hecho toda la iglesia, se hubiese esfumado de repente. No veía nada excepto a él. Una dulce y licenciosa oleada de calor la recorrió con dedos de seda.

Ginny tomó en sus brazos a Elias, y Leonidas asió los dedos de Maribel y se inclinó para besar la piel delicada del interior de su muñeca. Fue una caricia más que un beso, y aunque aquel contacto solo duró un instante, envió un mensaje lleno de sensualidad a cada una de las terminaciones nerviosas de la novia y la hizo estremecer.

Ella tenía miedo de volver a mirarle durante la ceremonia por si olvidaba dónde estaba, pero podía sentir su presencia con cada fibra de su ser. Respondió con una voz clara que sonó más tranquila de lo que se sentía en realidad. Intercambiaron los anillos y sus nervios se aflojaron cuando los declararon marido y mujer. Él agarraba su mano.

–Estás increíble, *hara mou* –le dijo Leonidas con voz ronca–. Ese color está hecho para ti.

–Me aterrorizaba la idea de parecer vestida de época –susurró Maribel, en un arranque de confianza–. Pero me enamoré locamente del vestido.

–Llegaste con retraso a la iglesia –Leonidas se agachó para recoger a Elias, que se resistía a los intentos de su niñera por quitarlo de en medio. Cansado y harto de que todos le hicieran gracietas, el pequeño empezaba a contrariarse.

–Así es la tradición –rio Maribel, conmovida y encantada con el modo en que él cuidaba intuitivamente de su hijo a pesar de que el niño ya no estaba de humor para nada–. No podía dejarte con todas esas maletas grabadas con mis iniciales de casada.

Leonidas descubrió que su sentido del humor no era tan saludable como de costumbre. Se imaginó todas aquellas maletas apiladas junto a los demás regalos que le había hecho, porque seguramente Maribel le habría abandonado. Le molestó sentirse aún tan tenso. Un anillo de casada haría que cualquier mujer se detuviese y se lo pensara dos veces antes de hacer algo insensato o impulsivo. Ella era practicante y había hecho sus votos y promesas. Pero aun así, de pronto él se estaba preguntado en qué momento exacto el matrimonio se convertía oficial y vinculante: ¿antes o después de la consumación?

En el vehículo que los devolvía lentamente a la casa, Maribel se sintió un tanto incómoda con el silencio del novio.

–¿Cómo te sientes ahora que te has «quitado todo esto de encima»? –preguntó, luchando por mantener un tono burlón, porque deseaba recibir una respuesta que aplacara sus inseguridades.

–Aliviado –admitió Leonidas con plena franqueza, aunque pensó que se sentiría más aliviado si el día hubiese acabado ya. Se estaba esforzando por superar el oprobio que suponía verse obligado a desplazarse en un carruaje descubierto de terciopelo azul tirado por cuatro corceles blancos que brincaban coronados por plumas celestes. Estaba aprendiendo mucho sobre las preferencias nupciales de Maribel y la mayor parte eran sorprendentemente vistosas, totalmente incongruentes con los sofisticados gustos de él.

Maribel pensó que, si hubiesen asistido a un acontecimiento muy serio, habría entendido que él le confesara sentirse aliviado. Al momento se regañó por su susceptibilidad. Se dice que muchos hombres odian el alboroto y la formalidad que conllevan las bodas. ¿Se estaba dejando llevar por la fantasía de su teatral vestido, la iglesia tan románticamente cubierta de rosas o la emoción del paseo en carruaje? Se echó a sí misma un severo sermón, porque una boda de ensueño no cambiaba las cosas. No significaba que Leonidas se fuese a transformar milagrosamente en un hombre tan enamorado de ella como ella lo estaba de él. Eso era algo utópico, y ella era una mujer práctica ¿no era así?

Cuando el carruaje se detuvo ante la casa, Leonidas saltó rápidamente y tomó en brazos a su esposa para ayudarla a descender, pero no volvió a dejarla en el suelo. Sus negras pestañas le cubrieron los ojos y le separó los labios con una sensual caricia de su lengua, introduciéndola en el interior de su boca con una maestría tal que la pilló totalmente desprevenida. Ella se sintió abrumada. Toda una serie de cohetes sensuales comenzó a sisear y estallarle en las venas. Sus pezones se irguieron y su interior se volvió líquido. Él la soltó lentamente, hasta que sus zapatos dorados se asentaron sobre la alfombra roja que ascendía hasta la puerta de entrada.

Con los ojos como estrellas de zafiro, Maribel abrió sus labios hinchados por el amor. Estaba a punto de decir algo cuando un movimiento a un lado de Leonidas captó su atención. Un extraño con una cámara le indicaba que posara otra vez, y aquello la devolvió de golpe al planeta tierra. No se había percatado ni recordaba al equipo de profesionales contratados para inmortalizar su boda. Pero Leonidas era mucho más observador. Con un brillante sentido de la oportunidad, acababa de ofrecerles un abrazo perfectamente coreografiado que marcaba la llegada de los novios a la casa.

–Ni *Lo que el viento se llevó* podría superar esta escena –señaló Maribel con la voz quebrada y las mejillas sonrosadas–. Bueno, me prometiste un buen espectáculo y esto casa mucho con lo que se espera de un novio.

Leonidas se preguntó por qué ella había desarrollado la horrible costumbre de recordar cada una de sus palabras y lanzárselas en el momento más inoportuno.

–Esa no es la razón por la que te he besado, *hara mou*.

–¿Ah, no?

–Pues no –respondió Leonidas con concisa mordacidad.

Maribel echó hacia atrás la cabeza tanto como pudo, porque no quería que se le desplazase la tiara.

–Bueno, pues yo no te creo.

–¿Por qué no dejamos que nuestros invitados disfruten solos de la fiesta y nos vamos directamente al dormitorio, *mali mou*? –Leonidas hizo aquella proposición usando el tono de voz más suave y aterciopelado que se pueda imaginar–. Estoy preparado y dispuesto. ¿Me creerías entonces? ¿Probaría eso que lo que me impulsó fue el deseo y no la intención de posar para las cámaras?

Maribel lo miró aterrorizada. El corazón le latía en la garganta debido a la impresión. Él la miraba con sus ojos profundos y enigmáticos, lanzándole un desafío mezcla de picardía masculina y candente sexualidad. A ella se le secó la boca, porque supo al instante que estaba hablando en serio. De hecho, tenía la terrible sospecha de que a Leonidas le atraía mucho la idea de abandonar a sus invitados y toda la parafernalia preparada para entretenerles.

–Sí, lo probaría... pero... pero no creo que sea necesario ir tan lejos –murmuró apresuradamente.

–¿No? –le estaba prestando toda su atención. Ni siquiera parpadeó ante los empleados que se habían congregado al otro extremo del vestíbulo para felicitarlos, ni la larga procesión de limusinas que se detenían en la puerta para descargar a los primeros invitados.

–No –susurró ella atribulada.

Leonidas acarició con la yema del dedo el rubor que coloreaba el rostro de Maribel.

–¿No? –inquirió con marcada intención–. ¿Ni siquiera tratándose de lo que más deseo en este momento, *hara mou*?

El corazón se le disparó y la respiración se le atrancó en la garganta. Él la dominaba con su mirada brillante y provocadora, haciéndole sentir un inmenso calor bajo el vientre y haciendo que sus piernas temblaran.

«¿Es que no tengo prioridad?», le había preguntado la noche antes. De pronto ella quiso otorgársela a cualquier coste.

–De acuerdo... si eso es lo que quieres... –se oyó decir transigiendo, y le costó creer que lo había hecho.

Leonidas se mostró sorprendido y agradecido. Al fin decía que sí. Le asombraba la enorme satisfacción que sentía. Ella era muy tradicional, muy cauta, y él supo del valor de su triunfo y su poder de atracción. Con ojos ardientes, tomó su mano y besó sus finos dedos con inusitada cortesía.

–Gracias, *kardoula mou*. Pero no te voy a poner en ese aprieto.

Maribel se sintió decepcionada y aliviada al mismo tiempo. Pero estaba llegando la gente, había que hacer las presentaciones pertinentes y recibir la enhorabuena y felicitaciones de los invitados. Maribel había asumido el papel

de anfitriona además del de novia, rechazando amablemente el ofrecimiento de su tía de hacerse cargo de todo. En
cuanto tuvo un momento libre, se lo dedicó a Elías, que necesitaba un abrazo y un momento a solas con su madre antes de echarse una siesta que ya se había retrasado demasiado.

Para regresar al salón de baile, atajó por una escalera
trasera, pero a medio camino se detuvo al oír un nombre y
una risita que le resultó familiar.

–Claro que de estar viva Imogen –decía su prima
Amanda con cierta autoridad mientras se arreglaba el pelo
frente a un espejo dorado–, Maribel no se hubiera acercado
a Leonidas jamás. Imogen era divina, y nunca se habría va-
lido de un mocoso para llevarlo al altar.

–¿Crees que Maribel se quedó embarazada a propósito?

–Por supuesto que sí. Seguramente fue después del funeral, se abalanzaría sobre él estando borracho o algo así…
¡porque seguro que estaba borracho o afectado por la
muerte de mi hermana!

Rezando por no tener que sufrir la humillación de ser
descubierta, Maribel empezó a retroceder subiendo las escaleras de puntillas. Por desgracia, la voz estridente de
Amanda la persiguió:

–Imogen encontraba tan gracioso que Maribel estuviese loca por Leonidas que se lo contó. Pero no creo que a mi
prima le hiciese ninguna gracia si estuviese hoy aquí. ¿Viste qué tiara? ¿Has visto el tamaño de esos diamantes? ¿Y
cómo lo agradece Maribel? ¡Subiendo a un millonario a un
carruaje hortera que parecía salido de un circo!

Maribel se dirigió a la escalera principal situada al otro
lado de la mansión. Sentía náuseas. ¿Es que la idea del carruaje había sido de mal gusto? ¡Qué ingenua había sido al
no darse cuenta de que una boda tan precipitada iba a traer
consigo cientos de comentarios desagradables! ¿Cómo podía creer alguien que había planeado su embarazo? Pero
quizá esa boda podía considerarse «forzada» en el sentido

de que ella había presionado a Leonidas con el tema de su hijo. Así que, ¿qué derecho tenía ella a mostrarse tan susceptible?

Pero algunos comentarios iban más lejos y hacían mucho más daño. ¿Se había aprovechado del sufrimiento de Leonidas la noche del funeral? Ambos sufrían. Pero aun así, aquella sugerencia tocaba un punto muy sensible, porque todavía se temía que la única razón por la que se habían acostado era que ella le había recordado a Imogen. ¿Y podía ser verdad que Imogen hubiese adivinado lo que sentía por Leonidas y se lo hubiese contado a él, convirtiéndola en objeto de sus burlas? Recordó con dolor que su prima tenía un sentido del humor bastante cruel que muchos disfrutaban y, en aquellos lejanos días de universidad, ninguno más que Leonidas. Se moría de vergüenza con solo pensar que él había sabido siempre el mayor de sus secretos. Escucha conversaciones ajenas y oirás hablar mal de ti. Se preguntó quién habría inventado ese viejo dicho. Estaba totalmente destrozada.

En cuanto Maribel regresó junto a Leonidas, este se percató de que algo iba mal. Su alegría se había apagado, su chispa había perdido fuerza. Cuando sirvieron la comida, había perdido el apetito y se dedicó a comer con desgana y a evitar su mirada. Él se alarmó. Sabía que había sido un gran error dejarla sola aunque hubiera sido solo un momento. Alguien le había contado lo de la fiesta y estaba ofendida, pero era demasiado educada como para discutir con él en público. Mientras rumiaba la forma de controlar las secuelas de aquella situación, el atractivo de la luna de miel en Italia que había organizado empezó a caer en picado. Tenía un exquisito palacio en la Toscana y seguramente habría algún aeropuerto relativamente cerca o ciudades con un buen servicio de transportes. Aunque siempre había viajado con sus empleados, iba a resultar muy difícil ocultarles cualquier ruptura de mayor envergadura. Si Maribel no se mostraba comprensiva y le perdonaba, encontraría fácilmente el modo de abandonarlo en Italia.

Pensando que seguramente se arrepentiría de haber decidido pasar la luna de miel en la Toscana, decidió llevar a su esposa directamente a su ciudad natal en la isla de Zelos. Rodeada por el mar y por un ejército de fervientes criados, Maribel no podría abandonar la isla precipitadamente o sin su consentimiento. Contaría con todo el tiempo del mundo para disuadirla de tomar decisiones precipitadas o insensatas. Llamando a Vasos con una inclinación de cabeza, le comunicó el cambio de planes.

Solo entonces cayó en la cuenta de que estaba tramando encerrar prácticamente a su esposa y sintió un leve escalofrío de inquietud. Al estudiar el perfil pálido y delicado de Maribel, se reafirmó en sus convicciones. «Mira lo que pasó la última vez que tuvo libertad para tomar sus propias decisiones! ¡Se enfrentó sola a un embarazo! El embarazo de mi hijo, que debía haber compartido conmigo desde el principio», pensó con fiereza. Si era capaz de tomar decisiones así, no es de extrañar que él sintiera la necesidad de tomar las riendas. En cualquier caso, hasta los hombres primitivos sabían que su obligación era proteger a la familia.

Cuando Maribel subía a cambiarse, Tilda insistió en acompañarla.

–Te debo una disculpa por juzgar mal a Leonidas –murmuró la hermosa joven rubia de ojos turquesa–. Al igual que todos nosotros, ha madurado y cambiado mucho desde que estaba en la universidad.

Maribel apartó a un lado sus preocupaciones y esbozó una cálida sonrisa que tranquilizase a Tilda.

–¿Y qué es lo que te ha hecho cambiar de opinión?

–¿Aparte del hecho de que hoy se ha mostrado encantador conmigo? Cuando veo a Leonidas contigo y con Elias, veo a una persona muy distinta de aquella que recuerdo –confesó la princesa–. Y mientras que a mí me sorprendió saber que ambos erais pareja, a mi marido no le sorprendió en absoluto. Dijo que eras la única mujer que Leonidas buscaba cuando deseaba mantener una conversación inteligente.

Maribel asintió con la cabeza, pero pensó que una conversación inteligente no era una oferta demasiado sustanciosa para uno de los mujeriegos más afamados del planeta.

–¿Te preocupa algo? –preguntó Tilda con suavidad–. ¿Es ese disparate de la despedida de soltero?

Maribel ocultó su mirada de sorpresa para no dejar ver que ignoraba el tema. Se concentró en ponerse un vestido rosa y turquesa, tan elegante como cómodo para viajar.

–Pues… no.

–Sabía que eras lo suficientemente prudente como para no dejar que algo así te molestase. Después de todo, los hombres siempre serán hombres, y los nuestros en concreto siempre serán objetivo de la prensa –comentó Tilda irónicamente–. Rashad habría estado en ese yate con Sergio y Leonidas si no hubiera sido porque tuvo que sustituir a mi suegro en una reunión de gobierno.

¿El disparate de la despedida de soltero? Maribel se dijo que no debía indagar más. No era asunto suyo ¿no? Había pasado tan poco tiempo desde el desafortunado malentendido con lo de Josette Dawnay, que Maribel no deseaba apresurarse a pensar en lo peor. En cualquier caso, ya tenía suficiente con atormentarse a sí misma con la sospecha de que Leonidas podía haber sabido desde siempre que ella lo amaba. No podía soportar la idea. Pensaba que si perdía el orgullo, ya no le quedaría nada.

Conforme el helicóptero giraba, Maribel contempló la isla que se extendía bajo ellos porque todavía quedaba luz suficiente para contar con una buena vista. Zelos era increíblemente verde y exuberante y tenía muchísimos árboles. Estaba rodeada por largas franjas de arena dorada recortadas por el azul turquesa del mar que bañaba sus orillas. A ella le pareció paradisíaca. Vio una enorme mansión en un magnífico y aislado emplazamiento al final de la isla y, al otro extremo, un pintoresco pueblo de pescadores con una iglesia y un enorme yate atracado en el puerto. Zelos era el lugar en el que Leonidas se había criado y, solo por esa razón, a ella le fascinaba la idea de conocer la isla.

Ya era de noche cuando Elias fue recibido en la inmensa casa como si fuera un rey. Maribel vio cómo Diane y su ayudante, una joven griega, acostaban al niño seguidas de cerca por el ama de llaves, las doncellas del niño y su guardaespaldas personal. Sacudió lentamente la cabeza:

–Elias nunca volverá a estar solo, ¿no es así?

–Nosotros los griegos somos gregarios por naturaleza. Siendo niño yo pasaba mucho tiempo solo pero, al igual que yo en su día, estará vigilado por todos los habitantes de la isla. Bienvenida a tu nuevo hogar, *hara mou* –Leonidas cerró su mano sobre la de ella–. Deja que te muestre la casa.

Era tan grande como Heyward Park, ya que varias generaciones de la familia habían ido construyendo nuevas alas según sus gustos particulares. En una maravillosa habitación que se abría a una terraza cubierta de parras, Leonidas la abrazó con extrema delicadeza.

–Quiero que seas feliz aquí –le dijo con voz ronca.

Maribel miró sus ojos brillantes y oscuros y sintió que su corazón se tambaleaba. Se había prometido a sí misma que no se rebajaría a preguntarle ninguna tontería. Pero de repente no pudo soportar la necesidad de conocer la verdad.

–Quiero preguntarte una cosa –dijo bruscamente.

Leonidas la miró interrogante.

–¿Te contó Imogen hace años que yo estaba enamorada de ti?

Era la última pregunta que Leonidas esperaba escuchar. Estaba preparado para una cuestión de naturaleza absolutamente distinta, de hecho, para una acusación, y aquello le desconcertó.

Maribel se apartó de su relajado abrazo.

–Es verdad. ¡Te lo contó!

Leonidas frunció el ceño:

–No has dejado que responda a tu pregunta.

Maribel se irguió cuan alta era.

–No hace falta que lo hagas. A veces te leo como un libro abierto.

A Leonidas no le tranquilizó nada esa afirmación. Siempre se había considerado muy hermético. Pero en una o dos ocasiones, ella le había hecho sospechar que poseía cierta intuición con respecto a él.

–Puede que Imogen mencionara una vez algo parecido –admitió él con suma tranquilidad–. Pero bueno, es algo por lo que no tienes que preocuparte.

Maribel contestó con firmeza:

–No estaba preocupada.

–Ni debes pensarlo siquiera.

–Tampoco pensaba en ello. Porque ya no es cierto –le informó Maribel obstinadamente, deseando sacarle de la cabeza cualquier idea parecida–. Lo superé después aquella noche en casa de Imogen.

Él tensó los músculos bajo su bronceada piel.

–¿Por qué?

Dos años de hostilidad y sufrimiento acumulados iban invadiendo a Maribel de sentimientos desbordados.

–¿Te acuerdas de cuando me pediste el desayuno? No había comida en la casa, así que, tonta de mí, salí a comprar algo.

Leonidas, que llevaba mucho tiempo considerando que sus recuerdos de aquella mañana eran lo suficientemente ofensivos como para olvidarse de ellos para siempre, le dirigió una mirada fría e inexpresiva.

–¿Y adónde te fuiste a comprar? ¿A África?

–A un sitio más a mano. Bajé la calle en coche, pero al girar para entrar en el supermercado un coche chocó conmigo por detrás. Acabé en el hospital con conmoción cerebral.

Leonidas la miró sin dar crédito a sus oídos.

–¿Me estás diciendo que tuviste un accidente aquella mañana?

Maribel asintió con la cabeza.

–¿Y por qué demonios no me llamaste?

–Cuando recobré el conocimiento y tuve acceso a un teléfono, tú ya te habías marchado de la casa de Imogen. Decidí seguir tu ejemplo –contestó Maribel con dificultad, apretándose las manos–, ¡y me curó el arrobamiento que sentía por ti, porque yo podría muy bien haberme muerto dado el enorme interés que tenías por saber lo que me ocurrió aquel día! Ni siquiera te molestaste en llamar.

Leonidas aún no acababa de entender, porque no salía de su asombro.

–¿Estabas herida... en el hospital?

–Sí, hasta la mañana siguiente.

Sus facciones suaves y oliváceas se tensaron, y frunció preocupado las cejas color ébano, tomando sus manos y acercándola hacia él. No apartaba los ojos de aquel rostro turbado y a la defensiva.

–*Theos mou*, lo siento de veras. De haberlo sabido, si hubiese sospechado siquiera que no habías vuelto porque te había pasado algo, te habría buscado y habría estado allí para ayudarte. Pensé que me habías dejado.

Maribel estaba desconcertada. ¿Por qué había pensado algo así? No cayó en la cuenta de que eso era algo que a él le ocurría bastante a menudo. ¿O era un comportamiento extendido entre las mujeres después de una aventura de una sola noche? No quería preguntarle, no quería regodearse en ese tema. Temía que su sensibilidad acabase siendo demasiado reveladora para un hombre tan sagaz como él.

Leonidas comprendió al fin por qué ella le había dicho que no le gustaba. Le sorprendió que no se le ocurriera que ella podía haber tenido un accidente, que podía haber una explicación a su desaparición. No entendía por qué su perspicaz razonamiento le había abandonado aquel día, o por qué su reacción había sido tan desproporcionada. Pero admitía las consecuencias.

–Te fallé –le dijo con gravedad–. Lo lamento muchísimo, *mali mou*.

A Maribel le sorprendió la sinceridad que había en sus ojos. Con finos dedos, lo acarició en un gesto de consuelo lleno de todo el cariño que ella pudiese haberle negado.

–No pasa nada... tú no sabías....

Él torció en un gesto su boca grande y sensual.

–Sí que pasa. Debía haber preguntado. Podría haber estado contigo. Pero era un engreído...

–Lo sé, y no parece que vayas a cambiar –le dijo Maribel en tono lastimero–. A menos que te sometas a un trasplante de ego.

Leonidas intentó aguantar la risa. Inclinó la cabeza reclamando la boca suave y rosada de Maribel, y la besó tan apasionadamente que ella sintió que el mundo explotaba a su alrededor...

Capítulo 10

EN cuanto el mundo dejó de girar, Maribel se encontró con que Leonidas la había metido en un dormitorio de techo alto, luz tenue y una cama del tamaño de un pequeño campo de golf.

—¿Es aquí donde celebras tus orgías? —preguntó sin poder contenerse.

—No tienes por qué preocuparte en ese aspecto. Ya tuve bastante de ese tipo de disparates mientras vivía con Elora —replicó Leonidas con desdén.

Maribel se quedó petrificada por la franqueza con que le habló de su difunta madre. No le pareció el momento oportuno para explicarle que su comentario había sido un mal chiste, dicho sin pensar.

—Aparte del servicio, eres la única mujer que ha atravesado el umbral de esta habitación —declaró Leonidas.

Se dio cuenta de que él le estaba tomando el pelo, lo cual alivió aquella momentánea tensión.

—¡Como si pudiera tragarme ese cuento!

—Pero es la verdad. Jamás he traído aquí a ninguna mujer. Siempre he preferido que mi habitación fuese un espacio privado. Es raro que pase toda la noche con alguien.

—Conmigo lo hiciste... ¿qué era yo? ¿Una anomalía?

Él posó las manos sobre sus mejillas arreboladas, enmarcando su rostro, y ella lo miró directamente a los ojos. No había en ella rastro de miradas esquivas para incitarle, ni de los estudiados flirteos que él estaba acostumbrado a recibir. En lugar de eso, le ofrecía una sinceridad muchísimo más atractiva. Poco a poco, comenzó a esbozar una sonrisa:

–Yo diría que el término apropiado sería «adicción» Aquí estoy de nuevo y ya no soy el mismo, *hara mou*. Así que debes tener algo especial.

¿Algo especial? Elias, pensó Maribel. No podía culparle por pretender que su esposa se sintiese especial en la noche de bodas. Él tenía demasiada experiencia dentro y fuera de la cama como para no saber cómo complacer a una mujer. La besó otra vez con un fervor dulce y embriagador que pronto se tornó en excitante y sensual gracias a su lengua.

Todas las tensiones de aquel día desaparecieron en las violentas ansias que se apoderaron de ella en una oleada de deseo. Empezó a respirar agitadamente y apretó su cuerpo contra el de él para devolverle el beso con una urgencia que no pudo contener. Él le quitó el vestido con manos impacientes y la levantó en vilo para sacarla de él.

Con ojos ardientes de determinación, Leonidas se separó unos centímetros para poder contemplarla mejor. La ropa interior turquesa desvelaba sus tentadoras curvas más que ocultarlas, y él la miró agradecido.

–Me gusta –le dijo contra sus labios enrojecidos, apoyando las manos en sus caderas para acercarla aún más. La costosa factura de sus pantalones no lograba ocultar su erección. Ella empezó a respirar con dificultad y a notar que su cuerpo reaccionaba voluptuosamente con un hormigueo entre los muslos.

–Leonidas… –jadeó bajo el cautivador acoso de su boca.

–Me encantan tus pechos –los liberó del sujetador de encaje y con paciencia logró llevar los rosados pezones a un punto de sensibilidad casi insoportable–. Esos ruiditos que haces me excitan muchísimo –le confesó.

Ella estiró la garganta para hacer llegar oxígeno a sus constreñidos pulmones, pero ya no podía huir de aquel oscuro y delirante placer que él le había enseñado a anhelar con una fuerza sorprendente y nueva. Ya se encontraba atrapada en un deseo insaciable que devoraba todo pensamiento razonable y aniquilaba su timidez. Estaba con el hombre al que amaba y eso le gustaba mucho, la llenaba de energía. Un calor insidioso la recorría, despertando cada centímetro de su cuerpo a su tentadora y viril promesa.

–Todo en ti me resulta excitante, *kardoula mou* –masculló Leonidas–, porque te entregas sin pretensiones.

Recorrió con los dedos su caliente humedad bajo la tela que la ocultaba y le separó las piernas con la rodilla, haciéndola estremecerse violentamente: cada movimiento de sus dedos liberaba en ella una cascada de sensaciones tormentosas y la hacía temblar sobre los tacones que todavía llevaba puestos. Todas las sensaciones de su cuerpo parecían concentrarse en el diminuto y sensible botón que coronaba sus muslos. Él la empujó contra la pared sin encontrar resistencia y se arrodilló para quitarle la seda húmeda. La acercó hacia él agarrándola por los glúteos, permitiéndose una intimidad inusitada para ella.

–No...no –balbuceó intentando negarse.

–Cierra los ojos y disfruta –le ordenó Leonidas–. Voy a hacerte perder la cabeza de placer.

Ella hundió los dedos en su pelo negro y sedoso para apartarlo, pero enseguida esos mismos dedos lo retuvieron porque el placer que le proporcionaba lo que estaba haciendo superaba toda resistencia. Tuvo que apoyarse en la pared para no caerse y entonces se quedó en blanco; era pura reacción física y todo lo demás ya no importaba. Ondas de placer la incendiaron, provocándole suaves oleadas de éxtasis que hacían que la sangre pareciese rugirle en las venas. Jadeó y gimió fuera de control al llegar al punto de no retorno, estallando en un inmenso orgasmo.

Antes de que consiguiera recuperarse, Leonidas la levantó y le apoyó las caderas contra la pared para que pudiera recibirle, afirmándole las rodillas en su cintura. Desconcertada por aquella postura, alzó la vista confusa.

¿Leonidas?

–Durante todo el día, cada vez que te miraba es aquí donde deseaba estar –le dijo con voz entrecortada, hun-

diendo el sexo erecto en su abultado y exuberante interior–.
Dentro de ti, fundido contigo, *hara mou*.

Aquella enérgica embestida de posesión la dejó sin
aliento y sin habla. Todavía estaba sensible, descendiendo
de la cima del éxtasis, y de pronto él la estaba devolviendo
al mismo punto por segunda vez. Una intensa sensación
volvió a recorrerla con fuerza ciega.

Él la poseyó con una pasión tan intensa como implacable. La excitación burbujeante y enternecedora que se apoderó de ella era instintiva y salvaje. La fuerte pasión de Leonidas la condujo de forma lenta y constante a otro
maravilloso orgasmo cuyas oleadas de placer la hicieron
convulsionar.

–No hay otra mujer en el mundo que me haga sentir tan
bien como tú –susurró Leonidas.

La llevó hasta la cama y la colocó sobre el lino blanco
y frío. Se desprendió por completo de su ropa y se tumbó a
su lado, calmándola en sus brazos y retirándole el pelo de
la cara. Ella respiró su aroma almizcle y viril y cerró los
ojos. Estaba asombrada de la intensidad con que le había
hecho el amor, impresionada por la forma en que ella le había respondido, pero por encima de todo contenta si él también lo estaba. También se sentía feliz porque él todavía la
estaba abrazando.

–No te vas a ir ahora, ¿verdad? –Maribel pensó que tenía asegurarse dado que él había admitido que prefería no
compartir la cama.

–¿Y adónde iba a ir? –respondió Leonidas perezosamente divertido.

–No quiero despertarme y descubrir que te has marchado.

Leonidas recordó aquel día de hacía dos años cuando al
salir de la ducha descubrió que ella no estaba y la buscó
por toda la casa. Todavía recordaba el sonido del silencio,
la desolación que resonaba a su alrededor, la sensación de
vacío que sintió en su interior, y todo aquello le asustó.

–Estaré aquí –confirmó.

–Estoy agotada –dijo adormecida. Ahora que toda su tensión se había disipado, nada impedía que el cansancio de la boda volviese a recaer sobre ella.

–¿Feliz? –preguntó Leonidas.

–Feliz –balbuceó ella, besándole el hombro con un beso adormecido.

Leonidas decidió que sería cruel despertarla para contarle lo del yate. Se lo diría por la mañana... en algún momento. Se preguntó si ella se enfadaría. La estrechó aún más fuerte porque no le gustaba la idea de que cualquier descuido suyo pudiese hacerle daño.

La tercera vez que Maribel se despertó al día siguiente, encontró a los pies de la cama una televisión que emitía un canal griego de negocios. Se dejó caer sobre las almohadas con un suspiro indolente. Eran las dos de la tarde. Habían desayunado con Elias y jugado con él en el jardín y un par de horas más tarde Leonidas la había vuelto a llevar a la cama. Al despertarse por segunda vez, se había duchado y él se le había unido. Una tierna sonrisa se curvó en sus labios enrojecidos. Agarró el mando de la televisión y paseó por los canales hasta que encontró uno de cotilleos de famosos. Estaba escuchando a medias el suave ronroneo de la televisión cuando Leonidas salió del baño.

Maribel lo contempló embelesada. Solo llevaba unos calzoncillos de seda y ofrecía un espectáculo imponente.

–¿Merece la pena que pierda el tiempo en vestirme de nuevo? –preguntó suavemente.

Maribel se ruborizó. Sería honesto confesar que ella no habría tardado ni un minuto en aprovechar su increíble resistencia.

–¿Debo considerar eso un «no»?

Verse en la televisión vestida de novia en ese momento la distrajo. Y se quedó con la boca abierta:

–Dios mío... ¿a que el traje se ve maravilloso?

–No era el traje, eras tú, *kardoula mou* –afirmó Leonidas–. Pero no puedo creer que estés viendo esta basura.

–Es más divertido que las noticias de negocios –su voz burlona se fue apagando conforme escuchaba al presentador.

–Como era predecible, Leonidas Pallis disfrutó de sus últimos días de libertad en una despedida de solteros celebrada en el yate de Torenti, el Diva Queen.

Maribel contempló horrorizada que se trataba de una fiesta llena de mujeres desnudas. Aunque el presentador no las mencionó expresamente, los ojos de Maribel se pegaron a la pantalla y vio a una mujer con el pecho desnudo bailando en la cubierta y otra zambulléndose en el agua como Dios la trajo al mundo…

–¡Calla! –gritó a Leonidas cuando intentó intervenir, para que no le impidiera escuchar el resto de la noticia. Hicieron referencia a la existencia de fotos más íntimas que, según insinuaron, no eran aptas para todos los públicos.

–Dame eso…. –Leonidas intentó hacerse con el mando, pero Maribel lo alcanzó antes, lanzándose sobre él. Por desgracia, al mismo tiempo apretó sin querer el botón de apagado.

–¡Rata de alcantarilla! –exclamó ella incorporándose sobre las rodillas–. Así que no celebras orgías, ¿no? ¿Y qué hacías en ese yate?

–No lo que por supuesto pensarás –contestó Leonidas con una compostura que para ella solo podía añadir un insulto a aquella ofensa–. Cualquier cosa que haga se convierte en noticia sensacionalista.

–¡Una mujer desnuda es una mujer desnuda, y lo suficientemente sensacionalista como para que me sienta indignada! –le reprendió Maribel.

–Tienes que dejar de creerte todo lo que ves y lo que lees. Tanto las fotos como las historias pueden amañarse.

–¿Y qué me dices de las imágenes no aptas para todos los públicos?

–Si quieres llevar esto hasta las últimas consecuencias,

puedo enseñártelas también –con rostro tenso, Leonidas se enfundó unos vaqueros desvaídos.

–Quiero verlas.

Pronunció aquellas palabras haciendo caso omiso de lo que él le había dicho, porque solo la hacía desconfiar aún más, y entró en el vestidor a revolver armarios y cajones buscando algo que ponerse. Actuaba como una autómata. Estaba intentando hacer acopio de fuerzas para manejar la situación, pidiendo un respiro que liberase su cerebro y su sentido común de tanta rabia, miedo y dolor.

Leonidas no actuaba como si hubiese hecho algo malo. Pero, ¿lo había visto sentirse culpable alguna vez? ¿Y por qué habría de sentirse así? ¿Por qué recordaba ahora que él no había respondido a la oferta que le hizo el mes anterior, dándole a elegir entre un matrimonio platónico y total libertad o la monogamia marital? ¿Era aquella su respuesta? ¿U otro reclamo de los paparazis que una mujer sensata obviaría y no creería tal y como sugirió Tilda? Pero ella no podía evitar pensar que para Tilda era fácil decir eso porque su marido no estaba allí.

Volvió a salir con unos pantalones blancos de lino y un chaleco del mismo color. Su palidez hacía resaltar el azul de sus ojos. Leonidas le lanzó una mirada acusadora desde el fondo de la habitación. Arrojó un periódico sobre la cama revuelta.

–Esas fotos solo van a hacerte daño y causarte una impresión equivocada.

Ella se mojó el labio inferior con la punta de la lengua.

–Pero si no las veo ahora, siempre me quedará la duda.

–Es una cuestión de confianza –dijo nerviosamente–. ¿Crees en mí?

Al oírlo, Maribel alzó la cara.

–Creería si me lo hubieras contado antes de verlo en la televisión.

–¿Así es como hubieses querido que empezase nuestro día de bodas? ¿Con toda esa basura dirigida a vender más periódicos?

Maribel enrojeció y sacudió la cabeza.

–¿Y entonces cuándo ibas a decírmelo?

–Sabía que esto iba a pasar, *glikia mou*. Y debo admitir que no tenía prisa alguna por contártelo –en sus ojos entrecerrados asomó el fulgor de un reto.

–Entonces... ¿qué quieres que crea? ¿Qué te secuestraron y te obligaron a subir al yate de tu amigo, y que allí te viste forzado a recibir las atenciones de unas fulanas?

–A Sergio le ha dado por las fiestas últimamente... Es un amigo, un buen amigo. Y se trataba de una despedida de soltero, que no había organizado yo a mi gusto –proclamó Leonidas seriamente, endureciendo el rostro–. *Theos mou...* ¡el anillo que llevo puesto no implica que te pertenezca o que tengas derecho a decirme lo que puedo o no puedo hacer!

–O sea, que si decido salir de fiesta en un yate con un montón de hombres medio desnudos, a ti te parecerá estupendo, no querrás indagar a mi vuelta y respetarás mi derecho a hacer lo que quiera. Me alegra que tengamos este acuerdo –replicó Maribel resueltamente.

Leonidas se quedó mudo. La miró con fiereza, inundado por la rabia. Ella había tentado al diablo, pero se mantuvo firme. El silencio empezó de algún modo a bramar a su alrededor, intimidándola. Finalmente, Leonidas habló:

–Eso es algo que no podría aceptar.

A Maribel no le sorprendió en absoluto su afirmación.

–¿Y eso por qué?

–¡Porque eres mi esposa! –dijo Leonidas, crispado.

–¿Entonces tú haces lo que quieras y yo lo que tú quieras también?

Leonidas se negó a caer en esa trampa. La miró intensamente, como desafiándola a disentir.

Maribel se preguntó por qué la conversación había derivado en aquello y se reprendió a sí misma por echarse atrás y tener miedo de preguntarle la que sin duda era la única cuestión importante.

–¿Te acostaste con alguien en ese yate?

Arrugó el ceño, y aflojando la mandíbula, contestó:

–Por supuesto que no.

Maribel no dijo nada. Se quedó mirando la hermosa alfombra sobre la que él descansaba. Se sintió enferma por la tensión y el miedo, y mareada por el alivio. Asintiendo con la cabeza, recogió el periódico de un tirón y salió a la terraza. Se sentía avergonzada por lo alterada que se había puesto y por las lágrimas que humedecían sus ojos.

Leonidas, que no esperaba que ella saliese, se apartó el pelo de la frente, totalmente insatisfecho. Si la seguía, seguramente habría otra escena. Tenía larga experiencia en evitar enfrentamientos, porque durante toda su infancia había presenciado las escenas histéricas que su madre tenía con todo el mundo. Lo más sensato era dejar que Maribel se calmara, así que se preguntó desconcertado por qué deseaba ir tras ella. ¿Por qué le afectaba tanto saber que ella estaba sola y se sentía infeliz? Salió unos minutos más tarde, pero ella ya se había ido.

Maribel paseaba por los jardines, siguiendo un sendero bajo los árboles a resguardo del sol. El periódico aún le ardía bajo el brazo. Al llegar a la playa, se quitó los zapatos y se sentó en una roca. Las fotos no eran tan impactantes como ella esperaba. A pesar de ser una fiesta en su honor, Leonidas parecía aburrirse. Había una foto suya en que aparecía con una expresión fría en sus bronceadas facciones, y una rubia ligera de ropa riendo su lado. Maribel conocía esas expresiones suyas, las conocía muy bien. Sabía que a él no le gustaba que los extraños se le acercaran tanto y, en ese mismo sentido, que odiaba a las mujeres que se abalanzaban sobre él. Detestaba la familiaridad que otorga el alcohol. Era un Pallis, nacido y criado como un aristócrata, y por tanto, exigente e intolerante con la gente maleducada.

La congoja se le agolpaba en la garganta y ella luchaba por contenerla. Arrojó el periódico al suelo. En cierto modo, ella era la que tenía un problema, no él. Era insegura, pero solo estaba recogiendo lo que había sembrado. Se había casado con ella ¿no? Pero solo le había puesto aquel anillo en el dedo por Elias. ¿Cómo iba a sentirse a salvo y segura en esas circunstancias? Él tenía perfecto derecho a disfrutar de una despedida de soltero dentro de unos límites razonables y a esperar que su esposa no lo convirtiese en un problema. También tenía derecho a esperar que ella confiase en él, al menos hasta cierto punto. ¿Cuánto iba a durar su matrimonio si se pasaba el día acusándolo injustamente? Era una persona celosa e insegura, pero él no tenía por qué pagarlo. Maribel reconoció con dolor que aquellos sentimientos eran el precio a pagar por casarse con un hombre que no la amaba.

De pronto escuchó unas pisadas sobre la arena. Leonidas llegó hasta donde estaba ella, cubriéndola con su sombra, y se levantó.

—Lo siento —susurró ella—. No he dejado que te explicaras.

Leonidas respiró aliviado y la rodeó con los brazos, descansando su frente sobre la cabeza de ella.

—Te juro por mi honor que no pasó nada. ¿Me crees?

—Sí —soltó Maribel—. Se te ve harto en esas fotos.

—Crecí inmerso en esa forma de vida, que fue la que destruyó a la familia que podía haber tenido. Las drogas acabaron con mi madre; la mala salud y las infidelidades de Elora acababan por arruinar sus relaciones. Y mi hermana mayor siguió sus pasos —reconoció con tristeza—. Elora me concibió el día que se casaba con otro hombre que no era mi padre. Para cuando se supo la verdad, mi verdadero padre había muerto y el hombre que yo creía mi padre me volvió la espalda. ¿No es para volverse loco? Pero siempre he necesitado y pedido más a la vida.

—Lo sé —le apretó las manos. Le habían obligado a aprender lecciones muy duras desde muy pequeño—. Eres fuerte. Pero sé que necesito confiar en ti.

—Es culpa mía que no lo hagas —Leonidas la miró con ojos oscuros llenos de sinceridad—. Debería habértelo contado todo antes de la boda, pero era demasiado orgulloso. Solo te quiero a ti, *hara mou*.

Maribel no estaba preparada para escuchar aquellas palabras. Tragó saliva y cerró fuertemente los ojos. De pronto su corazón dejó de pesarle y se disiparon todas las sombras. Le había dicho mucho más de lo que aquellas palabras expresaban. Él quería realmente que su matrimonio funcionase y estaba preparado para realizar ese esfuerzo. Recordó su estupidez del día anterior, cuando le dijo que ya no lo amaba, y estuvo a punto de ponerse a gritar. ¡Qué ciega había estado! Ya era hora de que se deshiciera de tanto orgullo y tanto estar a la defensiva.

—¿Con una esposa que me despierta a mitad de noche y se pone traviesa conmigo, de dónde voy a sacar la energía? —murmuró Leonidas en tono burlón.

Maribel enrojeció hasta las pestañas.

—No pretendía despertarte. Estaba oscuro... y no estaba segura de dónde me encontraba...

—Excusas... excusas —Leonidas le dedicó una mirada tan provocadora que a ella el estómago le dio un vuelco—. Pero esta noche me tocará a mí, *mali mou*.

Elias dormía profundamente bocabajo cuando Maribel lo colocó en una postura más cómoda. Estaba tan cansado que no se movió siquiera. Sus días eran una pura aventura, porque la propiedad de los Pallis constituía un maravilloso parque de recreo para un niño tan activo como él. De la mañana a la noche, Elias no paraba, jugando en la piscina con sus padres o correteando con Mouse, que ahora tenía su propio pasaporte de mascotas para poder viajar.

Maribel se vistió para la cena. Era una noche especial porque sería su última noche en Zelos durante algún tiempo. Leonidas había pasado la semana anterior viajando, yendo y viniendo a todas horas para intentar alargar lo más posible su estancia en la isla. Se mostraba tan reacio como ella a abandonar aquel lugar, porque su luna de miel había sido mágica.

Maribel admitió que nunca había soñado encontrar la felicidad tan rápidamente con Leonidas. Lo primero que había observado era que desaparecían sus reservas con su hijo, pero con el paso de las semanas desde la boda, además se había relajado con ella. Sobre todo lo notaba en los detalles. Si tenía que trabajar en su despacho, en cuanto acababa iba en su busca. La despertaba a horas intempestivas para que desayunaran juntos porque claramente deseaba su compañía. Le gustaba que le despidiese cuando subía al helicóptero y le encantaba que lo esperase cuando llegaba tarde a casa.

Y ella había empezado a darse cuenta de que él había pasado toda su vida buscando un afecto sincero y cualquier forma de rutina convencional en casa. Cosas que ella daba por hecho, como sentarse a comer con Elias, eran algo que él apreciaba muchísimo. Disfrutaba de los placeres sencillos, como un paseo con Elias por los huertos de cítricos hasta la playa para verlo jugar con las olas y chillar de placer al mojarse. A Leonidas le gustaban aquellos pequeños rituales familiares que había temido por considerarlos aburridos, restrictivos o pasados de moda. Quería que Elias tuviese todo aquello que él no había tenido, y adoraba a su hijo. Nadie que viese el modo en que Leonidas sonreía al ver a Elias correr para recibirlo lo habría dudado un segundo.

Al ver Grecia a través de los ojos de él, ella se había enamorado de aquel país más que nunca, ya que la había llevado en yate fuera de los circuitos de turistas. Habían explorado juntos antiguos yacimientos arqueológicos y él le había enseñado sus sitios favoritos, algunos inquietantemente hermosos y casi todos desiertos. También le había enseñado que, si la comida era buena, prefería comer sobre la destartalada mesa de una taberna de pueblo que en el restaurante más exclusivo. Habían hecho excursiones por calas desiertas a las que solo se accedía por mar. Por encima de todo, él apreciaba la intimidad de la que disfrutaba allí, porque aunque sus paisanos lo reconocían, sabían guardar las distancias.

Maribel se había esforzado en perder la costumbre de compararse con Imogen. Había aceptado que era estúpido atormentarse continuamente con aquellos pensamientos y se había concentrado en lo que tenía con Leonidas. Y pensó que lo que tenía era mucho más de lo que se habría atrevido a desear. En el lecho, él lograba que todas sus fantasías se hiciesen realidad. Era muy inteligente, una compañía maravillosa y tremendamente ingenioso. Ella estaba descubriendo que él era franco cuando tomaba confianza y que podía ser además amable y considerado.

Con un vestido de tirantes a rayas verde esmeralda, Maribel se dirigió a la terraza que dominaba la bahía. El aire fresco corría bajo el dosel de los nogales. Unos minutos más tarde, Leonidas se reunió con ella. Su teléfono móvil estaba sonando, pero él se detuvo a apagarlo y dejarlo a un lado. El servicio sabía que solo debía interrumpirle en caso de emergencia. Ella contempló su bello rostro. Su presencia siempre la impresionaba y, para ser sinceros, él estaba increíble en camiseta y tejanos.

—Llevamos juntos todo un mes, *hara mou* —Leonidas llenó dos copas de champán y le tendió un estuche–. Esto hay que celebrarlo.

Sorprendida, Maribel abrió la tapa. Contuvo la respiración ante la belleza de aquel brazalete de diamantes con las iniciales MP engarzadas en zafiros. Ahora sabía lo que él disfrutaba haciéndole regalos y no le reprendía por ello.

—Es precioso, Leonidas. Pónmelo —le instó–. Ahora me siento fatal, porque no te he comprado nada.

Leonidas miró a su esposa con ojos oscuros y sensuales.

—No te preocupes. Ya se me ocurrirá algo que no te cueste más que perder unas horas de sueño.

Maribel enrojeció, y extendió sonriendo la muñeca hasta que la luz que se filtraba por los árboles hizo brillar el brazalete.

–Gracias –le dijo.

Él le tendió una copa de champán.

–Antes de que me olvide: tu prima Amanda ha llamado para invitarnos a una cena en Londres. Me sorprendió que no te llamase a ti.

A Maribel no le sorprendía en absoluto. Amanda era igual de implacable que su madre a la hora de utilizar contactos influyentes y seguramente había llamado a propósito a Leonidas en lugar de a ella.

–Creo que inventaré una excusa –dijo ella, incómoda–. Mis parientes están en pleno periodo de adaptación. Será mejor dejar que pase un tiempo para que se hagan a la idea de que ahora eres mi marido.

Leonidas levantó una ceja:

–¿De qué demonios hablas? ¿Por qué iban a necesitar tiempo?

Maribel hizo una mueca:

–Los Stratton parecían más bien espectros el día de nuestra boda –admitió ella con arrepentimiento–. Me temo que mi tía se molestó mucho cuando supo que eras el padre de Elias…

Sus ojos se encendieron:

–¿Y a ella qué le importa?

–Sé que ha pasado mucho tiempo, pero tú e Imogen erais novios –le costó decirlo, y deseó haber sido menos directa en ese tema. Había tomado la costumbre de contárselo todo a Leonidas, más de lo que ella quisiera.

–No, no lo éramos.

–Seguramente no bajo tu punto de vista –Maribel se devanaba los sesos en busca de las palabras adecuadas para explicar cómo se sentían sus parientes–. Si hubieses tenido un hijo con otra y te hubieras casado con ella, no les habría importado lo más mínimo. Pero tratándose de mí, no parece que puedan dejar de pensar que entré furtivamente en el coto de Imogen.

Leonidas arrugó la frente.

–Pero yo no salía con Imogen.

Maribel lo miró fijamente.

–Puede que no lo llamases «salir», pero estuvisteis juntos un tiempo…

–¿Sexualmente hablando? –cortó Leonidas–. No, no es así.

Patidifusa por una afirmación que ponía boca abajo años de convencimiento, Maribel sacudió la cabeza como si necesitase aclararla.

–Pero eso no es posible. Quiero decir, la misma Imogen dijo… es decir… hablaba como si…

–No me importa lo que dijese, *hara mou*. No ocurrió. Nunca –dijo Leonidas secamente.

–Oh, Dios mío –Maribel lo miró sorprendida–. Hizo pensar a todos que habíais sido amantes.

–No dudo que le gustase llamar la atención, pero no me atraía en ese aspecto.

Maribel asintió como una marioneta, porque casi no podía hacerse a la idea de que Leonidas se hubiese sentido más atraído por ella que por su hermosa prima.

–Pero… ¿Por qué no te atraía?

–Era muy divertida, pero también neurótica y superficial –frunció el ceño como si se sumergiese en pensamientos más profundos–. Para serte sincero, sabía que ella me deseaba. Supuse que por eso me dijiste que yo no te interesaba el día que te besé.

Maribel estaba desconcertada y se sintió momentáneamente perdida.

–Me besaste… ¿cuándo?

Leonidas se encogió de hombros.

–Cuando me quedé en casa de Imogen siendo estudiante.

–¿Quieres decir que aquello fue sincero y no una especie de burla de chico malo? –tartamudeó Maribel, retrocediendo siete años.

–¿Es eso lo que pensaste? –Leonidas la miró torciendo el gesto–. Me apartaste de ti, y eso era lo que había que hacer. Por entonces, sin duda me hubiese metido en la cama contigo. No sabía ni lo que pasaba dentro de mi propia cabeza. Imogen también se habría prestado. Me di cuenta de que, si no podía tenerme, no iba a tolerar que tú me tuvieras.

Maribel escuchaba cada una de sus palabras con atención. Al descubrir que Leonidas se había sentido atraído por ella y que nunca había deseado a Imogen, toda lo que ella pensaba sobre la relación entre ambos cambió por completo. Se dio cuenta de que había habido algo entre ellos antes de compartir la cama.

–¿Recuerdas la noche en que te hablé de mi hermana? Fue entonces cuando me di cuenta de que te quería, porque luego no supe por qué había estado en tu habitación hablando de cosas tan personales…

–Borracho y en griego –añadió Maribel sin poder evitarlo.

–Pero jamás me había sincerado así con una mujer –Leonidas fingió un temblor de inquietud masculina–. Me desconcertó que pudieses tirar de mí de esa forma que no podía explicar. Era algo demasiado profundo y por entonces yo no estaba preparado para abrirme de ese modo.

–Lo sé –dijo Maribel con intención, pero la alegría se había instalado en su interior, porque nunca más tendría que sentirse plato de segunda mesa. Imogen había mentido en cuanto a su relación con Leonidas, cosa que no le sorprendía si lo pensaba seriamente.

–Imogen me dijo que yo te gustaba y se suponía que aquello era un chiste –le confió Leonidas, descansando sus ojos nerviosos en ella–. Pero a mí me gustó la idea e hizo que me atrajeses aún más, *kardoula mou*.

Sus mejillas se tornaron del color de un melocotón maduro. Sin saber que decir, exhaló:

–Pero estabas muy afectado por la muerte de Imogen.

–Sí, por la forma en que había desperdiciado su vida. Me recordó a la muerte de mi madre y de mi hermana. Intenté ayudar a Imogen, pero fracasé –murmuró seriamente

Leonidas–. Cuando dejó la rehabilitación, le volví la espalda porque me negaba a verla morir.

–Hiciste todo lo que estuvo en tu mano, y no fuiste el único. Nada funcionó –dijo Maribel con lágrimas en los ojos.

–Pero tú la cuidaste y apoyaste cuando los demás se apartaron de ella. Ese nivel de lealtad no es fácil de encontrar. Y yo lo supe apreciar, a pesar de que su familia no lo hizo. Cuando volví a verte en el funeral, no pude evitar buscarte.

–¿Qué estás diciendo? –susurró Maribel.

–Que si no llega a ser por tu prima, nunca te habría conocido. Pero una vez que te encontré, ninguna otra mujer podía sustituirte en mi corazón porque te admiraba profundamente.

–¿Incluso sin estar preparado para todas esas cosas que tanto admirabas en mí? –inquirió Maribel.

–Incluso así. Eras lista, tenías agallas y no te dejabas impresionar por mí o por mi dinero. Nuestra primera noche juntos fue muy especial.

–¿Especial? Todo lo que hiciste después fue pedirme el desayuno.

Leonidas extendió las manos en un gesto de reproche:

–*Theos mou*, no sabía qué decir. Ni siquiera me di cuenta de que en aquel momento no era necesario decir nada. Supongo que me encontraba como pez fuera del agua. Lo único que sabía es que me sentía maravillosamente bien. Me sentía muy cómodo contigo. ¡Quedé destrozado al salir de la ducha y encontrar la casa vacía! –admitió Leonidas bajando la voz–. Ni una nota, ni una llamada... ¡nada!

Maribel lo miró horrorizada.

–¿De... destrozado?

–Y muy enfadado contigo porque me habías dejado. Lo consideré un rechazo y no podía permitirme el pensarlo porque me dolía... –le fue tan difícil pronunciar aquella última palabra que casi le salió en un susurro.

Las lágrimas empezaron a correr por las mejillas de Maribel.

–Oh, Leonidas…

Él le quitó la copa de champán y la dejó a un lado para poder consolarla con una ternura que la hizo aferrarse a él durante unos minutos.

–Por supuesto, fui a la misa de aniversario para buscarte, aunque no quería admitirlo. Y cuando lo hice, me dije que solo lo hacía porque el sexo contigo era especial.

Maribel aspiró fuerte para despejarse la nariz y aceptó el pañuelo que él le ofrecía.

–Si no hubiese tenido aquel accidente… –suspiró.

–Pero ahora estamos juntos y no permitiré que vuelvas a marcharte –admitió lo nervioso que se puso el día de la boda a causa de lo de la fiesta en el yate. Maribel, que lo había visto tan calmado, quedó admirada al ver la influencia que ejercía sobre él. Cuando él le confesó que habían ido a Zelos en lugar de a Italia por que él temía que le dejase ella no pudo evitar echarse a reír.

Leonidas introdujo los dedos en el pelo castaño de Maribel y le inclinó la cabeza hacia atrás para contemplarla con ternura.

–Ya sé que es para partirse de risa. Amarte me llena la cabeza de temores e ideas estrambóticas.

Maribel se puso seria de repente.

–¿Amarme? –repitió.

–Te quiero mucho, mucho –declaró Leonidas con voz ronca.

Maribel levantó la vista para mirarle, completamente maravillada.

–Intenté resistirme con todas mis fuerzas, pero no hubo modo de escapar –dijo Leonidas atribulado–. Me afectó mucho que me dijeses que no sería un buen padre y que era un irresponsable, me lo tomé como un reto. Durante varias semanas, estuve como ido. ¿Por qué crees que monté lo del periódico para airear nuestra relación? Estaba celoso de tu novio.

–¿Sloan? ¿Estabas celoso? ¡Pero si solo salimos una vez! –Maribel estaba encantada de haber provocado sus celos, porque aquello le hacía sentirse como una auténtica mujer fatal–. ¿De verdad me amas?

–¿Acaso no me casé contigo sin pedir pruebas de ADN de Elias, o sin acuerdo prenupcial? ¿No te has dado cuenta de lo que debo confiar en ti y valorarte para hacer algo así? –Leonidas la miró con cariño–. ¿Y por qué crees que permití que me chantajeases para que me casara contigo?

–¿Para volver a acostarte conmigo?

–Bueno, ese aspecto también influyó –Leonidas fue lo suficientemente sincero como para reconocerlo, sonriendo maliciosamente–. Pero yo también deseaba casarme contigo, así que me dejé chantajear. Tarde o temprano te lo hubiese pedido, pero tú te adelantaste, lo que me permitió guardar las apariencias.

Maribel no podía dejar de sonreír cuando recordó que ella también tenía algo que decir:

–Mentí cuando te dije que ya no te amaba. Te he amado durante tanto tiempo que ya formas parte de mi corazón.

Leonidas se puso tenso.

–¿Mentiste? ¿Quieres decir...?

–No te lo tomes como algo personal. A veces una chica tiene que hacer lo que tiene que hacer. Y después de todo lo que dijiste sobre convertir nuestro matrimonio en un acuerdo negociado y exigir sexo, no te merecías en absoluto una auténtica confesión de amor –Maribel lo acarició distraídamente bajo la camiseta–. Pero te quiero mucho, mucho.

–¿Lo dices de verdad?

A Maribel le conmovió su inseguridad:

–Sí. Te quiero.

–Estás castigada por ocultar esa información: hoy no vas a comer. Iremos directamente a la cama, *agapi mu*.

Leonidas sometió sus labios carnosos a un beso tan apasionado que la dejó sin aliento y con las rodillas flojas. Luego la separó de él y cerrando una mano sobre la suya la llevó al interior de la habitación. Ella no puso objeción alguna a sus planes.

Horas más tarde, Maribel yacía cómodamente entre sus brazos mientras él le daba de comer y beber para recuperase las fuerzas. Entonces Leonidas le confesó que era una lástima haberse perdido todo su embarazo, sin mencionar los primeros meses de vida de su hijo.

–Podríamos tener otro –dijo Maribel.

–Me encantaría, *agapi mu*.

–Pero todavía no –Maribel recorrió con mano posesiva su torso y apoyó en él la mejilla–. Cuando esté embarazada, querré dormir todo el tiempo.

–Todavía no –afirmó Leonidas con voz burlona.

Dos años más tarde, nació Sofia Pallis. El segundo embarazo de Maribel estuvo exento de las preocupaciones que le asaltaron durante el primero. Gracias a la ayuda del servicio, se mantuvo plena de energía hasta el último momento. Leonidas se interesó en todo momento por su evolución y aquello les acercó aún más, de modo que ella disfrutó plenamente durante la gestación de su hija. Al acercarse la fecha del parto, Leonidas suspendió sus viajes para estar con Maribel cuando naciese Sofia. Él estaba tan encantado con su hija como ella, y además Sofia se parecía a los dos: heredó los ojos oscuros de su padre y las delicadas facciones de su madre. Elias, que ahora tenía tres años y medio, estaba fascinado con su hermana, pero un tanto decepcionado al comprobar que no podía ni siquiera sentarse para jugar con él.

–Es demasiado pequeña –se lamentaba Elias con todo el dramatismo de un Pallis.

–Sofia crecerá –le consoló su madre.

–Grita mucho.

–Igual que tú cuando eras un bebé.

Tras dejar a la niña en su cuarto, Maribel tiró del edredón para que Elias se metiese en la cama y este se acostó con un camión bajo el brazo. Leonidas apareció en el umbral cuando Maribel le estaba leyendo un cuento y ella le sonrió abierta y sinceramente, porque la había convertido en una mujer tremendamente feliz y era de esas mujeres que saben apreciar lo que tienen. Cuando se acabó el cuento, Leonidas atravesó la habitación y abrió la puerta del armario. Mouse se incorporó para saludarlo con entusiasmo.

–¡Papá! –protestó Elias.

–Mouse duerme abajo.

–Te estás volviendo intransigente –dijo Maribel a su marido al salir de la habitación.

Leonidas se rio suavemente.

–Pero Elias ha sido muy listo al esconder el perro así.

–No, ha sido muy cuco y mañana le explicaré la diferencia entre ambas cosas –dijo Maribel incondicionalmente.

–¿Quién ha dicho que ser cuco es algo malo? –Leonidas la miró con cariño–. ¿No me aproveché de ti acaso la noche que concebimos a Elias? Estabas muy afectada, llorosa y sola, y yo me aproveché de la situación.

A Maribel le impresionó aquella interpretación del pasado.

–Nunca lo vi de ese modo.

–Y no me arrepentiré mientras viva, *agapi mu* –le dijo Leonidas abiertamente–. Ahora os tengo a ti, a Elias y a Sofia y sois lo más preciado que tengo en el mundo. No puedo imaginar mi vida sin vosotros.

Y así era para Maribel. Sentía cómo su corazón se desbordaba. Él le dijo cuánto la amaba y ella respondió con la misma intensidad, porque ambos sabían que los vínculos que les unían eran muy valiosos. En cuanto Leonidas y Maribel se hubieron alejado lo suficiente, Mouse volvió a subir las escaleras para meterse en la habitación de Elias.

Acepte 2 de nuestras mejores novelas de amor GRATIS

¡Y reciba un regalo sorpresa!

Oferta especial de tiempo limitado

Rellene el cupón y envíelo a

Harlequin Reader Service®
3010 Walden Ave.
P.O. Box 1867
Buffalo, N.Y. 14240-1867

¡Sí! Por favor, envíenme 2 novelas de amor de Harlequin (1 Bianca® y 1 Deseo®) gratis, más el regalo sorpresa. Luego remítanme 4 novelas nuevas todos los meses, las cuales recibiré mucho antes de que aparezcan en librerías, y factúrenme al bajo precio de $3,24 cada una, más $0,25 por envío e impuesto de ventas, si corresponde*. Este es el precio total, y es un ahorro de casi el 20% sobre el precio de portada. !Una oferta excelente! Entiendo que el hecho de aceptar estos libros y el regalo no me obliga en forma alguna a la compra de libros adicionales. Y también que puedo devolver cualquier envío y cancelar en cualquier momento. Aún si decido no comprar ningún otro libro de Harlequin, los 2 libros gratis y el regalo sorpresa son míos para siempre.

416 LBN DU7N

Nombre y apellido	(Por favor, letra de molde)

Dirección	Apartamento No.

Ciudad	Estado	Zona postal

Esta oferta se limita a un pedido por hogar y no está disponible para los subscriptores actuales de Deseo® y Bianca®.
*Los términos y precios quedan sujetos a cambios sin aviso previo.
Impuestos de ventas aplican en N.Y.

SPN-03

©2003 Harlequin Enterprises Limited

MI VIDA CONTIGO

SARA ORWIG

Embarazada, abandonada y
perdida en medio de una tormenta de nieve en Texas, Sa-
vannah Grayson agradeció que
el millonario ganadero Mike Cal-
houn la rescatase. El viudo, padre de un niño de tres años, le
ofreció refugio en su enorme
rancho.

Decidido a no entregar su cora-
zón a una mujer nunca más,
Mike intentó controlar la atracción que sentía por su invitada.
Mientras pasaban días helados
haciendo muñecos de nieve con su hijo y noches char-
lando y besándose frente a la chimenea, Mike tendría
que luchar contra un corazón que empezaba a descon-
gelarse… una lucha que estaba a punto de perder.

¿Derretiría el corazón del ganadero?

[5]

¡YA EN TU PUNTO DE VENTA!

Bianca.

¿Cómo iba a convencerle de que ella no era parte de la herencia si apenas podía resistirse a sus caricias?

El silencio en la sala resultó ensordecedor mientras se leían las últimas palabras del testamento del padrastro de Virginia Mason. De repente, la vida de la inocente Ginny quedó hecha añicos. Sin herencia, su futuro y el de su familia quedarían en manos del enigmático Andre Duchard.

El francés era extraordinariamente atractivo, pero también era todo aquello que Ginny despreciaba en un hombre; era arrogante y cínico. Pero un beso robado la haría sucumbir sin remedio.

HARLEQUIN *Bianca.*

Sara Craven
El legado de su enemigo

El legado de su enemigo

Sara Craven

[5]